光文社文庫

文庫書下ろし／長編時代小説

隠密船頭

稲葉　稔

JN180375

光　文　社

この作品は光文社文庫のために書下ろされました。

『隠密船頭』目次

大雲寺
小石川
白山
伝通院
神明宮
中山道
駒込
水戸徳川家
春日町
水道橋
千駄木
御林
駒込追分
加賀前田家
本郷
道灌山
日暮里
霊雲寺
池之端仲町
湯島天神
不忍池
弁天
神田大明神
明神下
妻恋坂
御数寄屋町
根岸
谷中本村
下谷広小路
東叡山寛永寺
外神田
下谷金杉町
御徒町
下谷山崎町
向柳原
三味線堀
広徳寺
幡随院
下谷竜泉寺町
元鳥越町
甚内橋
阿部川町
新吉原
千住大橋
新堀川
日本堤
御蔵前片町
新旅籠町
東本願寺
御蔵前通り
御蔵前
浅草寺
小塚原
首尾の松
御米蔵
田原町
浅草広小路
諏訪町
材木町
並木町
茶屋町
駒形町
雷門
山谷町
新鳥越町
新鳥越橋
御厩河岸之渡し
日光道中
花川戸町
北本所番場町
最勝寺
浅草
駒形堂
竹町之渡し
吾妻橋
山谷堀
今戸橋
今戸町
揚場
東漸寺
白鬚之渡し
荒井町
北本所表町
松倉町
枕橋
瓦町
中之郷
源森川
竹屋之渡し
三囲稲荷
長命寺
向島墨堤
木母寺
隅田村
北割下水
八軒町
中之郷
小梅村
須崎村
寺島村
法恩寺橋
瓦町
小梅
業平橋
小梅村
天神橋
押上村
十間川
亀戸天神

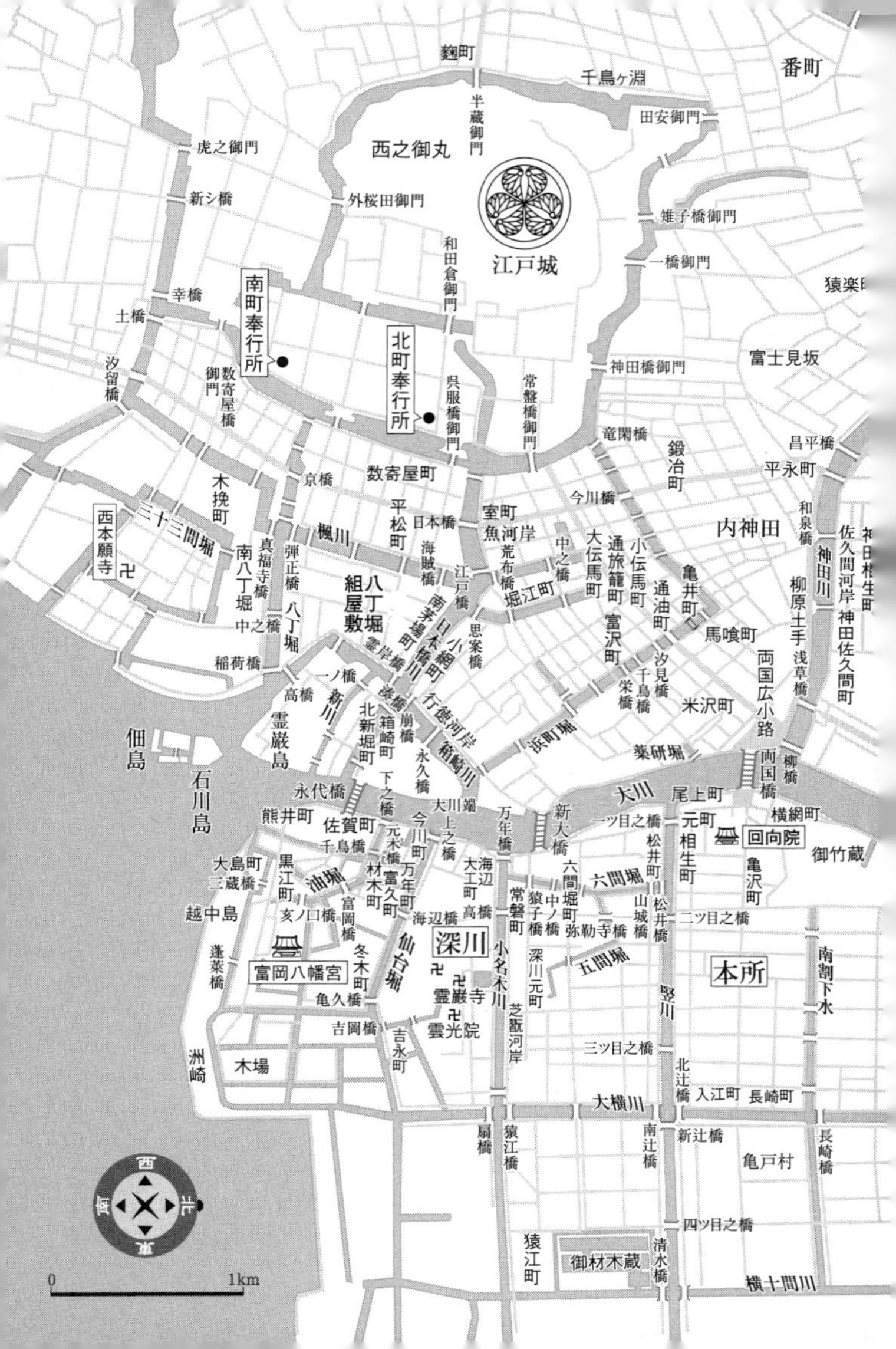

麹町
番町
千鳥ヶ淵
半蔵御門
田安御門
西之御丸
虎之御門
新シ橋
外桜田御門
雉子橋御門
江戸城
和田倉御門
一橋御門
幸橋
土橋
南町奉行所
北町奉行所
富士見坂
汐留橋
数寄屋橋御門
呉服橋御門
常盤橋御門
神田橋御門
竜閑橋
鍛冶町
昌平橋
平永町
木挽町
京橋
数寄屋町
今川橋
三十三間堀
西本願寺
平松町
日本橋
室町
魚河岸
内神田
和泉橋
佐久間河岸
神田川
楓川
真福寺橋
弾正橋
南八丁堀
海賊橋
荒布橋
中之橋
大伝馬町
通旅籠町
小伝馬町
亀井町
通油町
江戸橋
堀江町
八丁堀組屋敷
中之橋
八丁堀
南茅場町
日本橋川
小網町
思案橋
富沢町
馬喰町
柳原土手
神田佐久間町
稲荷橋
霊岸橋
汐見橋
千鳥橋
栄橋
浅草橋
両国広小路
一ノ橋
高橋
新川
湊橋
北新堀町
崩橋
行徳河岸
米沢町
箱崎町
霊巌島
佃島
浜町堀
箱崎川
永久橋
薬研堀
石川島
永代橋
下之橋
大川端
大川
尾上町
両国橋
柳橋
熊井町
佐賀町
今川町
万年橋
新大橋
一ツ目之橋
元町
横網町
上之橋
千鳥橋
元木橋
海辺大工町
松井町
相生町
回向院
御竹蔵
大島町
黒江町
材木町
富久町
万年町
六間堀町
六間堀
亀沢町
三蔵橋
油堀
常盤町
猿子橋
中ノ橋
山城橋
松井橋
二ツ目之橋
越中島
亥ノ口橋
富岡橋
海辺橋
高橋
弥勒寺橋
深川
小名木川
蓬莱橋
仙台堀
冬木町
富岡八幡宮
深川元町
五間堀
本所
南割下水
霊巌寺
堅川
亀久橋
芝翫河岸
吉岡橋
雲光院
吉永町
三ツ目之橋
洲崎
木場
北辻橋
入江町
長崎町
大横川
扇橋
猿江橋
南辻橋
新辻橋
亀戸村
長崎橋
四ツ目之橋
猿江町
御材木蔵
清水橋
横十間川
西
北
東
南
0
1km

隠密船頭

第一章　呼び出し

一

江戸は秋の深まりを見せていた。堀端越しの城にも、その様子を見ることができた。本丸や西の丸、あるいは二の丸に垣間見える木々が赤く、そして黄色く色づいている。

城を囲む堀の水は穏やかに澄み、真っ青に晴れた空を映し取っていた。

沢村伝次郎《さわむらでんじろう》は鍛冶橋《かじ》をわたり、堀沿いの道を辿《たど》っていた。この河岸道を歩くのは、

（五年ぶりか、いや六年になるか……）

そんなことを頭のなかで考えながら足を進める。

我知らず緊張を覚えずにはいられない。

肩衣半袴《かたぎぬはんばかま》という身なりも、久しぶりのことである。

髷《まげ》も今朝はきれいに結い直したし、鬢《びん》付け油は日の光を照り返していた。

やがて、南町奉行所の門前に立った。ふうと息をひとつ吐く。臍下《せいか》に力を込め、精悍《せいかん》な面貌《めんぼう》を引き締める。

表門は閉まっている。それは南町奉行所が非番月だからである。当番月であれば、朝六つ（午前六時）に門は開き、暮六つ（午後六時）に閉じられる。

伝次郎は脇にある小門から奉行所内に入った。すぐさま奉行所玄関までつづく伊豆石が目に飛び込んできた。その両側は那智黒《なちぐろ》の玉砂利で敷き詰められている。

「沢村伝次郎だ。お奉行様のお呼びを受けてまいった」

門番が声をかけてくる前に名乗った。すると、玄関式台《しきだい》に控えていた中番《なかばん》と呼ばれる取次の小者《こもの》が慌《あわ》てたように駆けてきた。羽織袴姿で同心並みの扱いを受けているが、実際は雑役《ざつえき》を務める身分の低い者だった。

「沢村様でございますね」

「いかにも」

「お奉行様がお待ちです。ご案内いたします」

片膝をついて言った中番は、そのまま立ち上がって先に歩いた。

伝次郎は後ろに従いながら、屋敷をまわり込む。込み上げる懐かしさのせいか、視線が土蔵や同心詰所の建物、あるいは各掛《かかり》の詰所になっている建物にいく。

奉行所内はいたって静かであった。どこからともなく聞こえてくる鳥の鳴き声、あるいは屋根に止まっている鳩の鳴き声がするぐらいであった。

内玄関まで案内されると、中番が取次役の小者に伝次郎の到着を告げた。これから先は町奉行の役宅である。

「では、わたしはこれにて失礼いたします」

案内をした中番が頭を下げて去った。伝次郎は内玄関でそのまま待った。町奉行は式日《しきじつ》や内寄合日《ないよりあい》をのぞいて毎日登城する。しかし、老中の御用を伺い、諸役の者と文書をかわせば、あとは「お断り」といって御用がすみ次第下城できることになっている。

すでに午後となっていて、町奉行は下城していた。

「お上がりくださいませ」

取次の者が戻ってきて、案内に立った。長年勤めていた役所ではあるが、奉行の役宅内に入ったことはない。これが初めてのことだった。

磨き抜かれた薄暗い廊下を右へ左へ曲がり、中庭に面した座敷に通された。

伝次郎は下座につくと静かに目を閉じて、耳を澄ました。

部屋は少しひんやりしている。廊下に足音が聞こえてきたのはすぐだ。目を開けると同時に、襖《ふすま》が開かれ、人の気配がした。

伝次郎は平伏《へいふく》した。そのまま息を詰めたように相手の声を待つ。

「沢村、久しぶりであるな。面《おもて》をあげよ」

南町奉行・筒井和泉守政憲《つついいずみのかみまさのり》の声がした。

伝次郎は静かに顔を上げた。筒井政憲は口の端にやわらかな笑みを浮かべていた。

「ご無沙汰《ぶさた》をしております。相変わらずご壮健《そうけん》のようで、何よりでございます」

伝次郎は顔を上げはしたが、両手は畳についたままだった。

「楽にいたせ。何故呼びつけたか、察しはついておるか」

「いえ……」

「わからぬであろうな。だが、呼んだのは外《ほか》でもない。そちを必要と思うからである。わしはこの職に就いて長い。足かけ十七年になろうか。おそらくこの職に留《とど》まるのもあとわずかであろう」

筒井は自分でそう言うが、実際はあと四年は奉行職に留まることになる。もっとも、これは後世の者のみが知ることで、当人は任期はあと一、二年だろうと予測していた。

「長く町奉行を務めてきたが、いざこの職を去るにあたって、さて、何をしてきたであろうかということに考えが及んだとき、わしは心細いものを感じた。職を退くまで、奉行として何かを残しておかなければならぬ。いたずらに長く務めればよいというものではないからな」

筒井はそこまで言って短い間を置いた。伝次郎は静かにつぎの言葉を待つ。筒井は伝次郎が知っている頃に比べ、たしかに老いていた。

齢《よわい》六十に届くか、あるいは越えているかもしれない。相応のしわがあり、皮膚にもたるみがある。しかし血色はよいし、徒頭《かちがしら》、目付《めつけ》、長崎奉行と歴任してきた優れ者に相応《ふさわ》しい目の輝きがある。

「そちを呼んだのは、いまも申したが、必要とするからだ」

「それがしは申すまでもなく、在野の浪人に過ぎませぬ。お奉行もそのこと、よくご存じではございませぬか」

伝次郎が町奉行所を去ることになったのは、大目付《おおめつけ》の屋敷で捕り物騒ぎを起こしたのが原因だった。それは、あってはならぬことであった。伝次郎もそのことはよくわきまえていた。しかし、相手を逃がしたくないあまり、一線を越えて掟を破ってしまった。

禁を破ったがために、罰を受けることになった。筒井は庇《かば》い立てしてくれたが、幕閣《ばっかく》と当事者である大目付の許しは出なかった。

伝次郎は問題の捕り物に関与していた他の同心らの身を慮《おもんぱか》り、自ら退くことで問題の収拾をはかったのだった。それからもう六年がたっている。

（まさか復職……）

と思っても、そんなことはないと心中で否定する。

「わかっておる、重々にな。しかし、そちのような男は捨てがたいのだ。いまさら何をと思うかもしれぬが、江戸は飢饉《ききん》のあおりを受け荒れている。異国船の到来で、公儀も尻が据わらぬ。大坂《おおさか》では東町奉行所の元与力ともあろう者が、大きな騒ぎを起こし幕府を悩ませもした」

筒井の言う大坂の騒ぎは、大塩平八郎《おおしおへいはちろう》が起こした騒擾《そうじょう》事件だった。この年の二月に起きたことで、その事件の噂は江戸にも伝わっていた。

「上様のお膝許《ひざもと》である江戸にて、さようなことがあっては罷《まか》りならぬ。そうはいっても江戸にも不穏な風が吹いておる。そちも知ってのとおり、町奉行所の手は足りぬ。治安を守るためには人がいる。ただ、いたずらに人を増やすというのでは能がない。無能な者を十人増やすならば、能長《た》けた者を一人置いたほうが利口であろうし、得である。そちに白羽《しらは》の矢を立てたのは、同心・松田久蔵《まつだきゅうぞう》と中村直吉郎《なかむらなおきちろう》からのたっての願いでもある」

伝次郎は松田と中村の名を聞いて、くわっと目をみはった。

「それに、中村はもう長くはないであろう」

「どういうことでございますか……」

伝次郎は思わず一膝進めた。

「聞いておらなんだか。先の探索で怪我をし、それがもとで体を悪くした。いまも臥《ふ》せったままだ」

「まことに……」

伝次郎は胸の痛みを覚えた。中村直吉郎は先輩同心で、かつての仲間である。若くして定町廻り《じょうまちまわ》り同心になった伝次郎を指導してくれた恩人である。

「そちを呼び寄せたのは、その二人の熱き願いを聞き入れてのことであるが、そうはいっても職に復させることはできぬ」

むろん、伝次郎もそのことはわかっている。復職できるのは休職者か、他の役に転任した者にかぎられている。伝次郎のように建前は武士でも、町奉行所を去った者、つまり幕臣身分を捨てた者が元の職に復することはない。

「だが、わしの頼みである」

筒井は短い間を置いてつづけた。

「わしがこの職にあるかぎり、右腕になってもらいたいのだ。このわしの右腕であるとともに、南御番所《ごばんしょ》の右腕となってはたらいてもらいたい。これは、床に臥せっている中村直吉郎の願いでもある。中村はあろうことか、遺言をこのわしに見せた。それはそちをこの役所に呼び戻してくれという願いであった」

「中村さんが遺言を……」

「さようだ。そちがここに戻るのは、わしの願いであり、中村の頼みでもある」

伝次郎はうつむいた。庭から射し込んでいたあかりが、一瞬、暗くなった。雲が日を遮《さえぎ》ったせいである。

武士は頼まれたことを断らぬものである。それが中村の頼みであり、まして遺言とあれば断りようがない。さらに、町奉行の筒井が右腕になってくれと頼んでいる。町奉行と言えば、同心から見ても、浪人の身である伝次郎からしても、雲の上の人である。そんな人からの頼みを、どう断ればよいのだ。

(断りようがない)

それが、結論だった。

「受けてくれまいか」

筒井が言葉を重ねた。伝次郎はその筒井の顔を真正面から見つめ、それから静かに両手をついて頭を下げた。

「謹《つつし》んでお受けいたします」

筒井はホッと安堵《あんど》の吐息をついて、

「詳しいことは追って沙汰《さた》を出す。沢村、よろしく頼む」

と、言葉を添えた。

二

筒井との面会を終えた伝次郎は、八丁堀《はっちょうぼり》の組屋敷に向かった。筒井からの依頼を受けたことに後悔はなかったが、それよりも中村直吉郎の体が心配だった。

直吉郎は床に臥せっているという。そして、遺書を書いている。

（いったい、どういうことだ……）

足を急がせる伝次郎の胸はざわついていた。遺書を書いているということは、直吉郎は死を覚悟しているということである。筒井はもう長くはないだろうとも言った。

鍛冶橋をわたり、日本橋の目抜き通りである通町《とおりちょう》を横切り、松幡《まつはた》橋をわたって八丁堀に入った。直吉郎の組屋敷は亀島町《かめじまちょう》の北にあった。屋敷移りしていなければ、いまも同じ場所に住んでいるはずだ。

木戸門を入って声をかけた。玄関に近づくと戸が開き、瓢箪《ひょうたん》顔をしたのっぽがあらわれた。伝次郎を見るなり、驚いたように口を開け、目を見開いた。

直吉郎の小者・平次《へいじ》だった。

「これは、沢村の旦那」

「中村さんが床に臥せっていると聞いたが……」

伝次郎はすたすたと平次に近づいた。

「それが……」

平次は悔しそうに唇を噛み、目を潤《うる》ませた。

「なんだ、どうした？」

「つい先ほど……息を引き取られまして……」

「なに」

伝次郎はそのまま玄関に入った。

「お邪魔いたします。沢村伝次郎です」

声をかけて雪駄《せった》を脱ぎかけたときに、直吉郎の妻・お結《ゆい》があらわれた。

「奥方……」

「静かに……眠るように去りました」

お結は悲しみを堪《こら》えた顔で言ってから、座敷に通してくれた。日あたりのよい場所に直吉郎の床は敷いてあった。顔に白布が被《かぶ》せてあったが、伝次郎はめくって顔を拝んだ。安らかな顔だった。

「なぜ、こんなことに……」

返事をしない直吉郎に問いかけ、そして枕許に座っている一人息子の直太郎《なおたろう》と娘のおさんを見た。みんな、悲しみと無念さを堪えるように口を引き結び、すぐには返事をしなかった。おさんは肩をふるわせ、手拭いで目頭を押さえている。

「お奉行から床に臥せっていると聞いたばかりなのだ」

伝次郎が言葉を重ねると、直太郎が一つ息を吐いて答えた。

「一月ほど前のことでした。下手人を捕らえる際、揉み合いになり錆《さ》びついた鉈《なた》で太股《ふともも》を斬られまして……傷口に入った毒が体を蝕《むしば》んだのです。父は無理をして出仕していましたが、そのうち傷が膿《う》んでひどくなり……まさか、こんなことになるとは……」

「さようであったか」

伝次郎はがっくり肩を落として、直吉郎を眺めた。いまにも息を吹き返しそうな顔をしている。あかるくて気さくで、面倒見のよい有能な同心だった。権高《けんだか》なことを嫌い、いつもべらんめえ調だった。いざとなると鋭い切れ長の目を光らせ、罪人の捕縛にあたった。

伝次郎が定町廻り同心になったとき、もっともよく面倒を見てくれた男だった。

「中村さんに斬りつけた下手人はどうなった」

直太郎に顔を向けて聞いた。いまは見習い同心のはずだ。

「父上は斬られながら押さえました。いまは牢屋敷にいますが、死罪は免《まぬか》れないでしょう」

「何をした野郎だ」

「奉公先の主《あるじ》夫婦を殺し、金を盗んで逃げたのです」

伝次郎はやるせなさそうに首を振った。

「ご新造《しんぞう》、お坊さまが来ました」

土間から平次が遠慮がちに知らせた。

伝次郎はしばらく坊主の読経《どきよう》に付き合いながら、来し方に思いを馳せていた。

初めて直吉郎に会ったとき、砕けたべらんめえ言葉で、「まあ、仲良くやろうじゃねえか」と、気さくに肩をたたかれたこと。初めての捕り物を終えて鯨飲《げいいん》したこと。襲い来る睡魔に耐え、凍るような寒さにふるえながら見張りをつづけたこともあった。直吉郎は、定町廻り同心としての心得を言葉ではなく背中で教えてくれた。やくざとの付き合い方も、性悪女《しょうわる》の手なずけ方も、そしてなかなか白状しない罪人の〝落とし方〟も。ときに叱られ、ときに励まされた。

よき先輩であり、恩人だった。

(中村さん……やすらかに)

直吉郎の死に顔を見つめながら心の内で念じると、奥方のお結に辞去《じきょ》することを伝え、あらためて通夜に来ることにした。

かつての先輩同心・松田久蔵に会ったのは、直吉郎の野辺《のべ》送りのときだった。直吉郎の死から三日後のことである。

「お奉行から伺いました。わたしをお奉行に薦めてくれたのは、松田さんと中村さんだったと」

「前からおぬしの復職を願っておったのだが、かなわずじまいだった。だが、形は違えどもまた戻ってこられるのだから、おれは頼もしく思っている」

そこは木挽町《こびきちょう》三丁目の茶屋だった。二人とも黒羽織の喪服姿である。直吉郎を築地本願寺《つきじほんがんじ》の子院に埋葬しての帰りだ。

「迷惑だったか……」

久蔵が言葉を重ねながら顔を向けてきた。伝次郎はいいえと首を振った。

「まさか、中村さんが遺書にわたしのことを書かれていたなんて、思いもいたさぬことで……」

「直吉郎はおのれの死を悟っていたのだ。だから、早めに遺書を書いたのだろう。正直なところ、おれもそのことをお奉行から聞いて驚いたのだ。だが、直吉郎らしいやり方だと思いもした。そして、おぬしがお奉行の話を呑んでくれたことも」

「お奉行と中村さんからの頼みです。断りようがありません」

「これまでおれたちの薦めは散々断っておったくせに」

久蔵は苦笑した。伝次郎も苦笑を返すしかなかった。

「それで向後《こうご》のことは決まったか」

「昨日、御番所から使いが来まして、屋敷を預かることになりました。川口町《かわぐちちょう》の小さな屋敷です」

「どのあたりだろう？」

「亀島橋《かめじまばし》のそばです」

「お奉行も気を使われたのだろうな。いいところを見つけられた。それで、お役目のほうは」

「まだです。まずは家のほうが落ち着かなければなりません」

「千草《ちぐさ》殿はわかってくれたか」

久蔵が顔を向けてくる。千草とは、伝次郎の連れあいである。町奉行所を去ったあとで知りあい、そして、いつしか同じ屋根の下に住むようになっている。

「ものわかりのいい女で助かります」

「さようか、それはよかった。落ち着いたら一度呼んでくれ。酒でも提《さ》げて訪ねることにする」

「はは」

「では、これで去《い》ぬ。やることがあるのだ。直吉郎の死を悲しんでいる暇はない。これも町方の悲しい性《さが》であろうが……」

久蔵はぽんと伝次郎の肩をたたいて立ち上がると、そばに待たせていた小者の八《はち》兵衛《べえ》を連れて去った。盟友であった中村直吉郎を亡くしたという悲しみを、いつまでも引きずっているわけにはいかない。

町奉行所の同心、それも外役の定町廻り同心は、常に片づけなければならない事件を抱えている。涙や悲しみは、胸の内にしまっておくしかない。心で泣いても顔には出さない。それが江戸町奉行所の同心である。

久蔵と八兵衛を見送った伝次郎は、静かに立ち上がって、きりりと表情を引き締めた。

三

伝次郎と連れあいの千草が、それまで住んでいた深川六間堀町《ふかがわろつけんぼりちょう》から川口町の屋敷に越したのは、南町奉行・筒井に呼び出されてから約半月後のことだった。

「立派なお屋敷ではありませんか」

千草が新居に入っての第一声だった。

「長屋ではないからな。それにしても、おれたちの持ち物はこれほど少なかったか」

以前住んでいたのは長屋で、それに見あった物しかなかったからだ。

「仕方ありませんわ。でも、こうなると物がほしくなりますね。簞笥《たんす》もそうですけど、火鉢も一つでは足りません。あ、庭があります」

千草は雨戸を開けて伝次郎を振り返った。

「これからは洗濯物を庭に干せるな。それより少し休もう。茶を淹《い》れてくれないか」

伝次郎はそう言って、座敷の真ん中にでんと胡座《あぐら》をかいた。

そのまま雨戸の外を眺める。狭い庭は午後の日射しにあふれている。空を飛んでいる鳶《とび》の声が聞こえてくる。

そして、表から、

「付け木ーぃ、えー付け木ぃ……」

と、付け木売りの声。行商は年寄りらしく、声がしゃがれていた。

同心時代は約百坪の屋敷に住み、下男を一人置いていたが、いまはその必要はない。筒井が与えてくれた屋敷は、約五十坪である。それも、同じ八丁堀では顔見知りの与力・同心、その配下の小者・中間《ちゅうげん》の顔もあるだろうからとの計らいか、亀島川を挟んだ蒟蒻島《こんにゃくじま》（霊岸島《れいがんじま》）の町家《まちや》にしてくれた。

そして、先日再度の呼び出しを受け、筒井の役宅に赴《おもむ》くと、用人《ようにん》の長船甲右衛門《おさふねこうえもん》から細かいことを言いわたされた。

「住まいはわかったと思うが、肝心のお役料《やくりょう》はそのはたらき次第ということになる。これはお奉行のお役金から出される。また、お役の達しは各掛から行くことになる。当面は身のまわりのことで忙しかろうが、いつ何時《なんどき》ことが起きるかわからぬゆえ、そう心得おいてもらう」

役料ははっきりしなかったが、いずれにしろ役料も家賃も、その他の経費も奉行のお役金から出るということがわかった。

お役金とは町奉行に与えられる手当てであるが、奉行本人の収入にはならない。すべては経費にあてられ、欠損が出た場合は幕府から支給されることになっていた。

用人は町奉行の経費と人事などの監査監督の任にあたっている者で、商家で言えば番頭といったところだろう。

「して、わたしの身はいかような扱いになるのでございましょう」

これは気になっていることだった。

「内与力《うちよりき》並みということだ」

伝次郎は目をみはった。目の前の長船も内与力である。

内与力とは、町奉行のそもそもの家臣をさす。奉行所には与力が存在するが、その与力は異動することはない。奉行が他の役に移っても、ついてはいかない。これでは奉行が不自由するので、自らの家臣を連れて町奉行所に異動してきている。

その数は概《おおむ》ね十人と決まっており、大きく公用人《こうようにん》と目安方《めやすかた》に分かれているが、奉行の腹心の部下なので、ときに奉行の代弁者にもなった。

つまり、伝次郎は筒井の腹心の部下の一人になったと考えていい。

伝次郎が内心で驚いていると、長船が言葉を足し、

「さしずめ、そなたは隠密目安方《おんみつめやすかた》といった按配《あんばい》であろうか」

と、口の端に笑みを浮かべた。

「何だか気持ちが変わりますね」

伝次郎は茶を運んできた千草の声で、現実に戻った。

「おまえもここへ」

伝次郎は千草を自分の前に座るようにうながした。

「これからは、これまでとは違った暮らしになる。人の出入りもあるだろうから、少し気を引き締めておかねばならぬ」

伝次郎は言葉どおり、その口調も以前と変えていた。

町奉行所を去ったあと船頭を仕事にしているときには、職人言葉を使っていたが、いまはそういうわけにはいかない。もちろん、命を受け探索にあたる場合は、そのときどきで口調は変えるだろうが、いましばらくは武士言葉を使うつもりだった。

「わかっております」

神妙な顔で答える千草は、もともとは御家人《ごけにん》の娘である。少なからず武家の心得はある。もっとも、親が仕官できなかったために、指物師《さしもの》の嫁になったのだが、その夫は三十三歳という若さで早死にしている。それは、伝次郎と知り合う数年前のことだった。

「しかし、お奉行も心を砕かれたのだろう。この家は堀川に近い。おれが舟を持っていることをご存じだからだ。お役目に舟を使うこともあるだろうからな」

おそらく筒井はそのことも見越して、この屋敷を見つけたのだと、伝次郎は推察していた。

「それでわたしは、この家を守っているだけでよいのですか」

千草は目をしばたたいて聞く。三十過ぎの大年増《おおどしま》になったが、肌のつやも張りも知り合った頃の二十代のままだ。

「当面はそうしてもらう。これまで商売をやっていたので身を持てあますかもしれぬが、辛抱してくれ」

「そう気を使わないでくださいまし。わたしはへっちゃらです」

千草は首をすくめて微笑む。慎み深い笑顔には、気の強さも同居していた。伝次郎はその気丈さも知っている。

これまで深川で飯屋をやっていたのだが、ときに荒っぽい失礼な客には江戸っ子特有の姐《あね》ご肌をのぞかせることもあった。

「それにしても、これからもう一度一生をやり直すような心持ちだ。不思議なものだ。まさか、こんなことになろうとは夢にも思っていなかったのだが……」

伝次郎は、最後は独《ひと》り言《ごと》のようにつぶやき、庭に目を注いだ。

「人の一生はどうなるかわからないものです。わたしもまさか、あなたとめぐり合うなんて考えてもいないことでしたから……」

「会っていなかったら、どうなっていただろうか」

伝次郎は千草に顔を戻して茶を含んだ。

「さあ、どうなっていたでしょうか。ずっと町屋のおかみだったかもしれません。もしくは、あなたと違う人といっしょになっていたかも……」

「そのほうがよかったか」

伝次郎は千草を見つめた。

「いいえ、わたしは満足しております。こんなことを女に言わせないでくださいまし」

そう言った千草の頰がぽっと赤くなった。

伝次郎は嬉しくもあり、また千草のことが愛《いと》おしくもなり、小さく笑った。

「さあ、片づけをしなければ」

「おれは、少しその辺を歩いてくる」

「遅くならないでくださいよ」

伝次郎はわかっていると答えてから家を出た。西へまわり込んだ日が、空に浮かぶ雲を紅に染めはじめていた。

風も少し冷たくなっていた。楽な着流しで家を出た伝次郎は、日本橋川の支流になっている亀島川の畔《ほとり》に立った。河岸場の外れで、すぐそばに八丁堀にわたる亀島橋が架かっている。

その橋のそばに、伝次郎の猪牙舟《ちょきぶね》が舫《もや》ってあった。空に浮かぶ雲を映す川面は鏡面のように穏やかだ。

伝次郎は自分の舟に目をやった。つい先日まで、船頭仕事に使っていた舟である。

伝次郎は町奉行所を去ったあと、船頭の見習いになった。

師匠は嘉兵衛《かへえ》という老船頭だったが、よく指導してくれた。嘉兵衛に出会わなかったら、おそらく他の仕事をしていただろう。しかし、その嘉兵衛もいまは還らぬ人になっている。

そして、嘉兵衛から譲り受けた舟が古くなり、新たに新調したのがいまの猪牙舟だった。

造ってくれたのは、深川六間堀町の船大工・小平次《こへいじ》だった。よく出来た舟で、工夫を凝《こ》らしてあった。

(また、おまえの世話になるのかな)

伝次郎は自分の猪牙舟を眺めながら、胸中でつぶやき、対岸の八丁堀に目をやった。

町はやわらかな西日に包み込まれようとしている。

空を雁《かり》の群れがわたっていた。

平穏である。しかし、一見平穏に見える町が、常に凶悪な犯罪にさらされているのも事実である。それも江戸は、有象無象《うぞうむぞう》の住む大城下だけにその頻度《ひんど》は高かった。

そして、それはまさに起きていたのだった。

四

日本橋からつづく通町(東海道)を南に進み、京橋をわたって間もなくの新両替町《しんりょうがえちょう》一丁目に、間口八間というその通りでも大きな小間物屋があった。

店の名は「吉村屋《よしむら》」といい、主の平左衛門《へいざえもん》は三代目であった。扱っている商品の目玉は伽羅《きやら》油と京紅と白粉《おしろい》で、他にも櫛《くし》や簪《かんざし》や元結《もとゆい》など種々のものもあるが、昨今は先に挙げた女物が評判になっていた。

間口は八間だが、奥行きがあり、住み込みの奉公人の他に女中などを入れると十六人が店にはいた。じつは吉村屋は、以前、盗人に入られたことがあり、主の平左衛門は用心棒を雇い入れており、そのうえ夜の戸締まりは厳重にしていたし、住み込みの奉公人たちにもそのことは常から口うるさく言っていた。

その夜、住み込みの番頭・利八《りはち》が床に就いたのは、夜が更けた四つ半（午後十一時）頃であっただろうか。

利八は枕許の行灯《あんどん》を消し、睡魔に襲われるまま寝入るところだったが、店の奥と二階から妙な物音が聞こえてきて、一度閉じた目をカッと見開いた。

（なんだろう……）

そう思って耳を澄ましたが、物音はすぐに聞こえなくなった。

やれやれとまた目を閉じて寝入ろうとすると、またもや小さな音がする。

みしり、みしりと、床を踏むような足音である。利八は目を開けて体を硬直させた。

さっ、さっ……さっ、さっ……。

今度は畳をするような音である。それから障子がゆっくり開けられる気配があった。

（誰だ……誰かいるのか……さては……）

利八は半身を起こして夜具を払った。奉公人のなかに、こっそり抜け出して居酒屋に飲みに行く不届き者がいる。大方見当はついていた。

（さてはまたもや、惣吉《そうきち》だろう）

店が閉まった後、店を出て夜遊びをするのは、禁じてある。まして酒を飲むなど言語道断《ごんごどうだん》。悪所《あくしょ》通いも飲酒も、年季があけるまでできない。

利八は首根っこを押さえて説教してやらねばと思い、布団を離れた。目の前の障子がさあっと開けられたのは、まさにそのときだった。

思いもかけない突然のことだったので、利八は驚いて浮かしかけていた尻を、すとんと畳に落とした。

「な、何だ、惣吉かい……」

驚きのあまり声はかすれていた。しかし、相手は問いに答えずに、ずいと足を進めてきた。闇のなかであるし、それは黒い影にしか見えない。かろうじて輪郭がわかる程度だった。

「何だい、こんな夜更け……」

気を取り直して声をかけたが、それは途中までしか出すことができなかった。肩口に強い衝撃があったからだった。

「うぐッ……」

衝撃のあとには、強烈な痛みが全身を貫いた。利八は思うように体を動かすことができず、横に倒れた。片腕が使えなくなっていた。

だが、起き上がるために、もがくように体を動かした。と、今度は腹部に何かが差し込まれた。自由な手でそれを強くつかむと、指がぽとりぽとりと切れて落ちた。

「ぎゃー！」

大きな悲鳴を発したはずだったが、黒い影に顎《あご》を強くつかまれ、声を出すことができないばかりか、意識がそのまま遠のいた。

翌朝、通いの手代《てだい》・新吉《しんきち》は、いつものように自宅長屋を出て、勤め先の吉村屋にやってきた。普段なら住み込みの小僧が店の前で掃除をしているはずだが、姿がない。大戸も閉まっている。

（どうしたんだろう）

首をかしげ、包むようにした両手に、ふっと息をかけて戸を開けようとしたが、ビクともしない。

「あれ」

もう一度引いたが戸は動かない。戸をたたいて、若い小僧の名前を呼んだが、返事もない。おかしいなあ、と独り言をいって裏口にまわった。裏木戸はするりと開き、裏の勝手口の戸もあっさり開いた。

「おはようございます」

笑顔で声をかけて土間を進んでも、店のなかは暗い。雨戸が閉め切られているからだ。

「誰かいませんか。新吉です」

帳場に行っても人の姿はない。店のなかはしんと静まっているだけで、表から雀の声が聞こえてくるぐらいだ。

新吉は雪駄を脱いで、帳場に上がり、さらにその奥の部屋に足を踏み入れた。とたん、我が目を疑うように目をみはった。

あわあわと口が動き、うまく言葉を、いや悲鳴すら発することができなかった。そこに、住み込みの番頭が一人血まみれで倒れていたからだ。畳は血を吸って黒くなっており、障子には血痕が飛び散っていた。

「ひぃ、ひぃ、ひー、だ、誰か、誰か、大変だ！」

腰が抜けそうになりながら新吉は表に駆け出るなり、大声を発した。

「人殺し、人殺しだー！」

五

新両替町一丁目の吉村屋で起きた事件は、同町の自身番から南町奉行所にもたらされた。しかし、同奉行所は非番月で、すぐに出動できる態勢が取られていなかった。

内役《うちやく》はいるにしても、直接犯罪現場に赴く外役連中はいない。彼らはそれぞれに事案を抱えており、その調べに動いている。そうはいっても、まだ早い時刻であり、外役の与力・同心は八丁堀の組屋敷にいるはずだった。

事件を知らされた宿直《とのい》役の同心は、すぐに探索の専門職である定町廻り同心の屋敷に使いを走らせた。

その知らせを受けたのが、松田久蔵だった。

「なに、新両替町の吉村屋が……」

話を聞いた久蔵は、その店がどこにあるかすぐにわかった。

「詳しいことはわかっておるのか」

「いえ、それがまだはっきりとは……」

南町奉行所から駆けてきた小者は、額の汗をぬぐいながら答えた。

「他の同心には知らせてあるのか」

「いえ、まずは松田様にと思いまして……」

ひげをあたったばかりの久蔵は、剃り立ての顎をつるりとなで、玄関の表を見た。

奉行所の小者がまっ先に久蔵の家に来たのは、久蔵が「年寄《としより》」と呼ばれる外役の古参だからである。

外役には、定町廻り同心以下、本所《ほんじょ》見廻り・町会所掛《まちかいしょかかり》・牢屋敷見廻り・猿屋町《さるやちょう》会所見廻りなど、十八の掛がある。

そして、同心専任の役儀は、隠密廻り・定町廻り・臨時廻りが、市中の治安維持の要《かなめ》となっている。その古参頭でもある久蔵に第一報がもたらされたのはうなずけるのだが、

「うむ、どうしたものか」

と、腕を組む。

久蔵はここ半月ほど調べていることがあった。それは、四谷北伊賀町《よつやきたいがまち》で起きた殺しの探索だった。ようやく下手人の尻尾《しっぽ》をつかんだばかりで、他の事件を兼帯するのは難しい。

北町奉行所に譲ってもよいが、それは手柄を譲ることになるし、北は北で忙しくしているのはわかっている。

「とにかく吉村屋に行ってみよう」

答えた久蔵はすぐに着替えにかかり、支度を調《ととの》えると小者の八兵衛を連れて吉

村屋に向かったが、これは伝次郎にまかせたらどうだろうかという考えが心の内にあった。

吉村屋は悲惨な状況になっていた。

吉村屋の主・平左衛門と女房は寝間で胸を刺されて息絶えており、住み込みの番頭・利八は肩口を斬られ、さらに腹を刺されて死んでいた。

その他、小僧二人と女中三人が殺されていた。死者は合わせて八人。生き残った者たちは、昨夜から深い眠りについており、惨劇には一切気づいていなかった。

これはおかしなことだったが、女中や手代から話を聞いているうちに、眠り薬のようなものを飲まされていたというのがわかった。

それを飲ませたのは、三月前に入ったばかりの飯炊き女中のおかよだった。

「おかよが生姜《しょうが》湯を飲ませてくれたのです。夜の冷え込みが厳しいので、体が温まると言って。すっかり気を利かせてくれたのだと思っていたのですが……」

そう証言したのは、公助《こうすけ》という住み込みの手代だった。同じようなことを言う女中もいた。それで、おかよを捜したのだが、姿がない。

さらに、もう一人店から消えている男がいた。主の平左衛門が盗人除《よ》けに雇った用心棒の鴨井十右衛門《かもいじゆうえもん》だった。

下手人はその十右衛門とおかよではないか——。

久蔵が考えるように、他の生き残った奉公人たちが二人を疑うのは当然のことだった。

とにかく大まかなことを調べ終えた久蔵は、殺戮《さつりく》現場となった吉村屋に、小者の八兵衛と同町の岡っ引き・定五郎《さだごろう》を残して奉行所に足を運んだ。

吉村屋から数寄屋《すきや》橋御門内にある奉行所まではすぐだ。すでに日は高くなっており、与力・同心のほとんどは出仕していた。

久蔵が報告と相談を兼ねて会ったのは、年番方《ねんばんかた》の筆頭与力・小野田角蔵《おのだかくぞう》だった。年番方は、金銭出納《すいとう》から営繕、そして同心の任免などを統括し、奉行の顧問となって補佐する重役である。

「動きが取れぬか……」

報告を受け、久蔵の現在の状況を聞いた小野田は寸の間、視線を泳がせて、

「他の者はいかがなのだ」

と、聞いた。

「いずれの同心も、それぞれに吟味《ぎんみ》筋と出入《でいり》筋の調べに忙しく動いています。体が二つあればとか、猫の手も借りたいと口癖のように言う者ばかりでございます」

吟味筋は現代でいう刑事事件、出入筋は民事訴訟を意味する。

「困ったな」

「北御番所に預けてもよいかと考えもいたしましたが、北は北でおそらく忙しく動いているはずです。小野田様」

久蔵は身を乗り出して小野田の顔をまっすぐ見た。

「沢村伝次郎をお忘れではございませんか。お奉行からすでにお聞き及びのはず」

小野田の目がはっと見開かれた。

「さようであったな。沢村のことはお奉行より聞いたばかりだ。そうか、なるほど、あの者なら……」

「沢村なら申し分のないはたらきをするはずです」

小野田はぶ厚い唇を掌《てのひら》で二度ほどなでたあとで、カッと大きな目をみはった。

「松田、沢村にまかせよう。お奉行へはそのように伝えるが、何も問題はないであろう。よし、さように取りはからってくれ」

「はは、畏《かしこ》まりましてござりまする」

久蔵は深々と頭を下げた。

六

伝次郎は新しい住まいとなった家の座敷で刀の手入れをしていた。

愛刀は井上真改《いのうえしんかい》。二尺三寸四分（約七一センチ）の業物《わざもの》である。

暇を持てあましているので、手入れは入念だった。刀身に油を塗るのは当然のことながら、茎《なかご》と鎺下《はばきした》の手入れも怠らなかった。

打ち粉を使って曇りを取り除いた刀身は、互《ぐ》の目乱れと言われる。それは、なだらかな山の稜線《りようせん》のようでもあり、ゆったりした波の形にも見える。鞘《さや》はもともとは白であったが、伝次郎は目立たない黒の漆《うるし》鞘に変えていた。

ひととおりの作業を終えると、柄巻《つかまき》を締め直し、それから鞘に納めた。

「こうやって眺めていると、やはりあなたは侍だったのですね」

ふいの声は千草だった。座敷口に座って微笑んでいる。

「そこにいたのか」

「さっきから見物させていただいていました」

「おれは見世物ではない」

「あら、めずらしいことを……」

千草は伝次郎のもの言いが滑稽だったのか、ほほほと笑った。それを見た伝次郎はあることを思いだした。

「そうだ、いまさら言うことでもないだろうが……」

そう言って、そばに千草を呼んだ。

「何でございましょう」

「うむ。お奉行がここにおれたちを住まわせてくださったのには、それなりの考えがあってのことだというのは話したが、もう一つある。おれは一度御番所をやめた男。それなのに、また御番所の仕事を請けることになった。だが、そのことを知っているのはかぎられた者だけだ。御番所の与力・同心がみな知っているわけではない。つまり、八丁堀に住んでいる多くの者が、おれがお奉行に声をかけられたことを知らない。そのお役目についても同じだ。だから、滅多なことを話してもらいたくないのだ。おまえはすぐ人と打ち解けあう性格だから、近所の者たちとも親しくなるだろう。そんなときに……」

「何と申せばよいのでしょう」

千草は遮るように言って伝次郎を見る。

その顔が障子越しのやわらかな光を受けていた。

「うむ、無役の御家人でいいだろう」

「お役待ちの侍、と言っておきましょう。他に余計なことは言わないようにします」

「それでよい」

千草は口が堅いし、人あしらいもよいので、うまくやるはずだ。これ以上余計なことを言う必要はなかった。

「それで、お昼はいかがしますか」

千草がそう訊《たず》ねたとき、玄関におとなう声があった。

「はい、お待ちを」

千草が返事をして玄関に向かうと、伝次郎は手入れの終わった大刀を、刀掛けに大事そうに置いた。

「あなた、新両替町の番屋（自身番《じしんばん》）の人が会いたいそうです」

「新両替町の……」

伝次郎は首をかしげた。知りあいはいないはずだ。とにかく玄関に行くと、若い男が待っていた。

「沢村様ですね」

「さようだ」

「あっしは新両替町の自身番に詰めている番人の京助《きようすけ》と申します。松田の旦那に沢村様を呼んでくるように頼まれたのです」

「松田久蔵さんか」

「さようです。じつは吉村屋という小間物問屋でひどいことがありまして、急いで呼んできてくれと言われたのです」

「新両替町の吉村屋……なにがあった」

「殺しです」

伝次郎は眉宇《びう》をひそめた。

「よし、すぐ行く。おまえは先に帰っていろ」

京助という番人が飛ぶようにして去ると、千草と目があった。

「聞いたであろう」

「はい」

「支度をしたら行ってくる」

伝次郎は着替えにかかり、手入れの終わったばかりの刀を摑《つか》んだ。当然脇差《わきざし》も腰に差すが、こっちは業物ではなくありふれた刀だった。

「気をつけて行ってきてください。あ、切り火を」

「いや、よい。松田さんは急いでいるようだから、待たせると悪い」

「初めてのお役でしょうから、しっかりお願いいたします」

自宅屋敷を出る伝次郎を、千草の声が追いかけてきた。

（そうかもしれぬ。たしかに、初めての役目かもしれぬ）

伝次郎は千草に応じるように、内心でつぶやく。袴をつけない着流し姿であるが、無紋の羽織を着ていた。

晩秋の空は晴れわたっているが、すぐ近くで陰惨な殺しが起きている。伝次郎は心してかからなければならないと、胸の内に言い聞かせながら亀島橋を急ぎ足でわたった。

第二章　消えた男と女

一

小半刻《こはんとき》（三十分）後、伝次郎は調べにあたっていた久蔵から、大まかな話を聞いた。

殺されたのは、吉村屋の主・平左衛門以下八人。店に住み込んでいて生きていたのは、六人だった。そして所在のわからなくなっている者が二人。

一人は平左衛門が盗人除けに雇っていた浪人・鴨井十右衛門、もう一人はおかよという飯炊き女中だった。

「三百両ほどの金もなくなっている」

久蔵は付け加えるように言った。

「三百両……」

「さっき、喜兵衛《きへえ》という大番頭が調べてわかったことだ」

土間で話を聞いていた伝次郎は、誰もいない帳場を見て、久蔵に顔を戻した。

「鴨井十右衛門とおかよという女中の居所はわからないのですね」

「わからぬ。あやしいのはその二人ということになるが、これからの調べをまかせたい。おれは四谷の殺しの調べがあって手が放せぬのだ。小野田様にもおぬしのことは話してある」

「……年番方の小野田様ですか」

「さよう、いまは年番方の筆頭だ。とにかくあとのことをまかせたい。よいか」

「承知しました」

伝次郎は久蔵の渋みのある顔を見て答えた。

「手先はいかがする。一人では難儀《なんぎ》するはずだ。おれが世話をしてもよいが、おぬしに考えがあるならまかせたい」

伝次郎は少し考えて、

「酒井《さかい》彦九郎《ひこくろう》さんが使っていた条吉《くめきち》はどうしています?」

と、久蔵を見た。

久蔵はピクッと片眉を動かした。酒井というのは、かつて伝次郎の先輩同心だった。残念なことに数年前、凶刃《きょうじん》に倒れそのまま他界していた。先日他界した中村直吉郎と久蔵の先輩でもある。条吉は、その酒井の小者だった。

「いまは倅《せがれ》の寛一郎《かんいちろう》殿についているはずだ。そうはいっても、寛一郎殿は例繰方《れいくりかた》なので、さほど忙しくはなかろう。話をしてみたらどうだ」

「すると、まだいるのですね」

「そのはずだ」

「であれば、今日にでも話をしてみます」

「よかろう。とにかくよしなに頼む」

久蔵が吉村屋を出ていくと、伝次郎は喜兵衛という大番頭の案内を受けて、店のなかをひととおり見てまわった。

主の平左衛門夫婦は一階の寝所で殺されており、住み込みの番頭も同じ一階だった。他の奉公人と女中らは二階に寝ていたが、殺されたのは五人である。

殺戮《さつりく》の行われた部屋には、まだ生々しい血痕が残っていた。障子や襖といわず、天井にも血が飛んでいた。畳は血を吸ったままだ。

「鴨井十右衛門という用心棒の部屋はどこだ」

「一階でございます。ご案内します」

二階から一階に下りて、鴨井が住んでいた部屋を見せてもらった。四畳半の殺風景な部屋で、物はほとんどなかった。その部屋は帳場に近い場所だった。

「鴨井は昼間はどうしていたんだ」

「昼間は店にいたりいなかったりです。店にいるときは、ご自分の部屋で本を読んだり、碁《ご》を打ったりされていましたが、出歩かれることが多ございました」

「碁は一人で打っていたのか」

「さようです。日が暮れて、店が閉まる頃になるとお戻りになり、ご自分の部屋で過ごされることが多かったようです。あの方の仕事は夜ですから、あたりまえのことなんですが」

「一度、この店に盗人が入ったらしいな」

「昨年の暮れでした。さいわいにも帳場にあった金を盗んで逃げただけで、怪我をした者はいませんでした。旦那さまはそのことを心配され、それで鴨井さまを雇われたんです。鴨井さまが店に来られたのは三月頃でしたか……」

「昨年の暮れにいくら盗まれたのだ」

「五十両ほどです。大金に違いはありませんが、旦那さんは店の者が怪我をしなかっただけでもよかったとおっしゃっていました」

「鴨井をどうやって雇ったのかわかるか」

「旦那さまが贔屓《ひいき》にされている茶屋で紹介してもらったと聞いておりますが、詳しいことはわかりません」

「鴨井の素性はわかっているのだろう」

「大まかにですが、こういうことになりますと、本当かどうかあやしいものです。旦那さまは用心深いわりには、人を疑うことが嫌いな方でしたから」

つまり、鴨井十右衛門の素性をよく調べもせず、お人好しにも雇ったということだろう。

「いなくなっているおかよは、三月前に雇われたと聞いたが……」

「さようです。飯炊き女中がやめましたので、代わりに雇ったのでございます。おかよは口入れ屋《くちいれや》からの紹介でした」

「その口入れ屋はどこの何という店だ」

「この町にあります。佐兵衛《さへえ》さんという人の店で、うちはいつもそこを頼っていますので……」

「すると、おかよの請け人《うけにん》（保証人）もわかっているはずだな」

「証文はございます」

「見せてくれ」

そのまま帳場に行って、喜兵衛が証文を探しはじめた。伝次郎はそばでその様子を見ながら、これからやるべきことを考えた。

おかよを調べることもあるが、鴨井十右衛門のことも調べなければならない。そして、小者の粂吉を使うために、酒井寛一郎に会わなければならない。

喜兵衛は指につばをつけながら、証文の束をめくっていた。小太りで半白髪だ。年は五十を越えたぐらいだろう。その喜兵衛が、ありましたといって、一枚の証文を差し出した。

おかよは二十六歳。生まれは小梅村《こうめむら》で、百姓の娘だった。一度嫁に行って離縁し、独り身だった。子はない。吉村屋に住み込む前は、浅草福川町《あさくさふくかわちょう》の駒助店《こますけだな》という長屋に住んでいたとある。

「これは預からせてくれ」

伝次郎は断って、おかよの証文を懐《ふところ》に入れて言葉をついだ。

「鴨井は主が贔屓にしていた店で紹介されたといったが、その店はどこにあるんだ」

「森田座《もりたざ》の近くにあります『すずしろ』という料理茶屋です」

「すると、木挽町五丁目か……」

伝次郎は独り言のようにつぶやいて、土間に立っている三人の奉公人を見た。殺しがあったばかりなので、三人とも神妙な顔をしている。

「おまえたち、おかよから生姜湯をもらった者か」

二人が違うと首を振り、右端に立っている小僧を見た。

「おまえはその生姜湯を飲んだのだな」

「はい」

「いつも、おかよは生姜湯を作ってくれるのか」

「いいえ。昨日は冷え込みが厳しくなったので、体が温まるからと言ってみんなに配ってくれたんです。めずらしいことです」

「普段はそんなことはなかったというわけか……」

「はい」

小僧はうなずいた。

「その生姜湯を飲んだ者もいたが、飲まなかった者もいたのだろうな」

「おしげさんと番頭の利八さんは、苦手だから遠慮するとおっしゃっていました」

「おしげ……」

利八が殺されたのは知っていたが、おしげのことはわからなかった。

「女中です。おしげさんも殺されています」

つまり、生姜湯を飲んでいない者が殺されたと考えていいだろう。そのことを問うてみると、新吉という手代が答えた。

「運よく殺されなかった者たちは、生姜湯を飲んでいますから、おそらくそういうことだと思います。旦那さまとおかみさんはどうだったのかわかりませんが……」

答えた新吉は、今朝店にやって来て、まっ先に店の異変に気づいた男だった。

伝次郎はその後も、生き残りの奉公人たちから話を聞いたが、直接下手人につながるようなことは聞き出せなかった。

（やはり、鴨井十右衛門とおかよがあやしいということか……）

「不幸があったばかりで何かと忙しいだろうが、わからぬことがあったらまた聞きに来る。気になることがあったらそのときに教えてくれ」

伝次郎は、大番頭の喜兵衛にそう言って吉村屋をあとにした。

二

吉村屋におかよを紹介した口入れ屋は、吉村屋の近くにあった。腰高障子《こしだか》に、「奉公人口入」と書かれている。

雇い主と雇われる側の間に立ち、双方から手数料を取るのが口入れ屋である。主は佐兵衛といい、すでに吉村屋で惨事が起きたことを知っていた。

「うちは吉村屋さんの御用達《ごようたし》みたいなもので、紹介した奉公人は大方覚えております」

「聞きたいのは、おかよという飯炊き女中のことだ。三月ほど前にこの店の仲介で吉村屋に出向いているはずなのだが……」

「一番新しい女中ですね。覚えておりますが、まさか、そのおかよさんも……」

佐兵衛は顔をこわばらせた。

「いや、おかよは殺されていない。だが、店から消えているのだ」

「消えたというと、行方をくらましたということですか」

佐兵衛は額にしわを走らせてまばたきをする。

「とにかくおかよのことが知りたい。証文には小梅村の百姓の娘で、浅草に住んでいたと書かれている。一度離縁しているようだが、他にわかっていることはないか」

伝次郎は佐兵衛の疑問には答えずに言った。佐兵衛は少々お待ちくださいと言って、文机《ふづくえ》の脇に置いている文書の束をあさって、一枚を抜き出した。

「これが吉村屋さんにおかよを紹介したときのものですが……そうですね。小梅村の又七《またしち》の娘となっていますが、旦那のおっしゃったこと以外は書かれてはおりませんね」

佐兵衛は証文の控えと伝次郎を交互に見ていった。

「仲立ちをしたのは三月前だったらしいが、そのときの様子はどうだった。浅草に住んでいながら、なぜこの町まで来たのか、それは聞いておらぬか」

「さあ、そこまで詳しく聞いたりしませんので……でも、吉村屋がいいと言いましてね」

「なに」

伝次郎は眉宇をひそめた。

「へえ。やってくるなり、表に吉村屋という店があるが、ああいう店ではたらきたいと申したのです。わたしがいい店だと言うと、是非ともお願いしますと言いました。ちょうど吉村屋さんも女中を捜してらっしゃいまして、これは具合よく人が来たと思ったものです。女中の出入りは多いんですよ」

「おかよは吉村屋がいいと言ったのだな」

「さようです。店の構えでも見てきたんでしょう」

「ふむ。おかよについて、他に気になることはなかったか」

「気になることはありませんでした。気立てはよさそうだし、愛嬌《あいきょう》もありましたから、吉村屋さんも気に入ってくださると思いました」

「一度離縁しているとあるが、別れた亭主のことはわからぬか」

さあ、それは、と佐兵衛は首をかしげた。

伝次郎はそのまま佐兵衛の店を出た。引っかかりを覚えたのは、おかよが吉村屋を名指ししたことだった。つまり、端《はな》から吉村屋に入る算段をつけていた可能性があるということだ。

行方のわからぬ鴨井十右衛門の調べもしなければならないが、吉村屋に雇われるきっかけとなった「すずしろ」という店は、この刻限には開店していない。まずは、おかよから調べを進めることにした。

吉村屋に来る前、おかよは浅草福川町にある駒助店に住んでいた。その長屋に行かなければならないが、伝次郎は舟を使おうかどうか迷った。浅草までは距離がある。舟なら歩くよりは早い。

一度空を見あげ、歩こうと決めた。これからは徒歩も多くなるはずだ。それに、町も以前より様変わりしているだろう。そのことをたしかめておく必要もある。

伝次郎はそのまま浅草に向かって歩きだした。同心時代は毎日のように市中を歩きまわっていた。どの町にどんな店があり、この長屋は裏に抜けられる、あるいはどん詰まりであるなどといったことを熟知していた。

その覚えも薄れている。歩くのには一利ある。

伝次郎は日本橋の目抜き通りを、地面を踏みしめるように歩きながら周囲の商家を眺めていった。昔からある店もあれば、変わっている店もある。

煎餅《せんべい》屋がなくなり、履物《はきもの》屋になっていたり、木綿《もめん》店が仏壇屋に変わったりしていた。大きな商家はそのままだが、小さな店にかぎって変わっている。

日本橋をわたり、そのまま通町を進み、本石町《ほんごくちょう》まで来て右に折れた。やはり大きな店より小さな店が変わっている。ただし、自身番の位置は昔と同じだった。

毎日の見廻りには、自身番を訪ねて歩いた。まだそう遠い昔のことではないのに、ずいぶん過去のことのように思われた。

両国《りょうごく》広小路、御蔵前《おくらまえ》と歩き、浅草福川町に着いたときには、昼九つ（正午）をまわっていた。そのまま自身番を訪ねて、駒助店がどこにあるか訊ねると、詰めている書役《かきやく》は番人と顔を見合わせて、そんな長屋はないという。

その自身番にいる者は、伝次郎が同心時代にいた者と全員違う顔ぶれだった。同じ顔ぶれなら、相手も気づくだろうし、伝次郎も気づくだろうが、いまは正規の同心ではないのだから、知られないほうが都合がよいはずだ。

「では、おかよという女がいたようなことはないだろうか。年は二十六で一度離縁している女なのだが……。手前はわけあってその女に会わなければならぬのだ」

「おかよでございますね。年は二十六……」

気のよさそうな書役は、早速人別帳《にんべつちょう》の控えを調べてくれた。人別帳には、出《で》人別帳と入《いり》人別帳がある。転出・転入者を個別に書きあげたものだ。町名主が年に一度書き改めて保管することになっているが、実際の調べにあたる各町の町役はいい加減な者が多く、決して徹底されてはいない。

これは正しくは「宗門《しゅうもん》人別帳」といい、現代の戸籍原簿にあたる。

「おかよという女が一人いますが、年は四十三です。出ていった同じ名前の女もいますが、それは二年前のことです」

調べを終えた書役は、伝次郎を見て、他の町ではないかと言う。

「ふむ、さようか。いや、手間をかけた」

伝次郎はそのまま自身番を出た。おかよが嘘を言って、口入れ屋の紹介で吉村屋に入ったということか。やはり、最初から吉村屋に目をつけていたのか。

疑問が残るばかりでなく、おかよを追う手立てが目の前から消えた。

(ならばどうする……)

伝次郎は大きく息を吐き出して、戻ることにした。今度は来たときとは違う道を辿る。

浅草から上野《うえの》にまわり、明神《みょうじん》下から八ツ小路《やっこうじ》に出て、そのまま本町《ほんちょう》通りを歩いた。

町の様子は大きく変わってはいないが、やはり覚えのない商家が散見された。店がつぶれて変わったのか、それとも代替わりと同時に商売替えをしたのか。それはわからない。

久しぶりの探索だが、伝次郎はなぜか新鮮な心持ちになっていた。

三

伝次郎が酒井寛一郎の組屋敷を訪ねたのは、夕七つ（午後四時）過ぎだった。すでに日は大きく傾き、人の影が長くなっていた。

生前、寛一郎の父・彦九郎には世話になっていた手前、仏壇の前で線香をあげさせてもらった。

「父も喜んでいると思います」

伝次郎がお祈りを終えると、そばに座っていた寛一郎が頬をほころばして言った。

「もっと早く来たかったのだが、いろいろとあってな」

「わかっております」

答える寛一郎の顔は初々《ういうい》しい。父・彦九郎よりも、母の久江《ひさえ》に似ていた。その久江も昨年、他界したという。

「じつはおまえだから言うが、これはかまえて他言ならぬ」

「どんなことでしょう」

「おれのことはおぼろげに聞き知っていると思うが、此度《こたび》、お奉行に呼び戻された」

寛一郎ははっと目を輝かせた。

「復職されたのですか」

「いや、そうではない。休職であればさようなこともあろうが、一度致仕《ちし》した者は復職などできぬ。あくまでもお奉行の差配あってのことだ。それも、先日身罷《みまか》られた中村さんの嘆願があったればこそだ。おれも迷いはしたが、お奉行からじきじきに頼まれれば断ることはできぬ」

「では、どのような形で……」

寛一郎は澄んだ瞳をきらきらさせる。

「うむ、お奉行は右腕になれとおっしゃった」

「すると、お奉行雇いの隠密ということでしょうか」

「そういう按配になろうか」

そこへ茶が運ばれてきた。新しい女中のようだ。伝次郎を見て、静かに頭を下げてさがった。

「いくつになった」

伝次郎は茶を喫してから聞いた。

「二十四です」

「もうそんなになったか。おれがまだ御番所にいた頃は、見習いになったばかりだったのに、月日のたつのは早いな。例繰方にいるそうだが、慣れたか」

「いろいろ覚えることがありまして、まだ新米のようなものです」

寛一郎は自嘲の笑みを浮かべる。障子にあたっていた西日がすうっと消え、座敷が薄暗くなった。

例繰方は、咎人《とがにん》の罪状を過去の御仕置裁許帳《おしおきさいきょちょう》と照合し、事件の経過と処罰を逐次《ちくじ》記録し整備しなければならない。ここで作成された書類は奉行に提出することになっていた。綿密で地味な仕事だが、裁きを行うための重要な役回りだった。

「おまえは子供の頃から賢い男だ。いずれ優れた同心になろう」

「わたしは内役ではなく、いずれは父と同じように外役につきたいと願っております」

「まあ、焦らぬことだ。それはさておき、訪ねてきたのにはわけがある。おれが奉行に呼ばれたのは話したが、いざことが起きたときに一人では何かと難儀する。それに今日から探索していることがある。ついては粂吉を借りたいのだ」

「粂吉を……」

「さよう。無理ならあきらめるが、いかがであろうか」

「ようございます。あれは体を持てあましております。それに、わたしは毎日役所内にいるだけで、使いようがないのです。父から預かっている小者なので、おいそれと追い出すわけにもまいらず、向後のことを何か考えてやらねばならぬと思っていたのです。沢村様の下につけると知れば、粂吉も喜びましょう」

「預からせてくれるか」

「どうぞ、おかまいなく」

「助かる。寛一郎、恩に着る」

「堅いことをおっしゃらないでください」

寛一郎はそう言ったあとで、土間のほうへ行き、屋敷雇いの中間に声をかけた。

「甚兵衛《じんべえ》、粂吉を呼んできてくれるか。大事な話があるのだ」

呼ばれた甚兵衛はすぐに家を出て行った。この中間も、彦九郎が生きていた頃から雇われている。

粂吉がやってくるまで、伝次郎は寛一郎と歓談した。懐かしさもあれば、寛一郎の成長ぶりに感心もした。

「旦那……」

小半刻ほどのちに座敷前にあらわれた粂吉は、そこに伝次郎がいるのを見るなり、何ともいえない表情をした。

「粂吉、相変わらず達者のようで何よりだ。いくつになった」

「三十六です」

「もうそんなになったか」

「粂吉、これへまいれ。折り入って話があるのだ」

寛一郎にうながされて、粂吉が座敷に上がってきた。

元は車力《しゃりき》で酒のうえの喧嘩で人を半殺しにしたのだが、彦九郎から目こぼしを受けて、ずっと手先としてはたらいていた小者である。探索能力も備わっているし、腕っ節も強かった。

「早速だが、おれとはたらいてくれぬか」

伝次郎は早速切り出した。

「へえ、旦那とでやすか……」

突然のことに粂吉は、主である寛一郎と伝次郎の顔を交互に見た。

「この度、お奉行の手先になった。それで助《すけ》がほしいのだ。おまえなら不足はない」

「あっしが、旦那の。いいんでございますか。でも、旦那がお奉行の手先にってどういうことです」

「それはおいおい話す」

「わたしからの頼みでもある。しっかりやってくれ」

寛一郎が言葉を添えると、粂吉はあまり癖のない凡庸《ぼんよう》な顔をくしゃくしゃにして、

「では、喜んではたらかせていただきます」

と、深々と頭を下げた。

四

障子の隙間から行灯をつけてある隣のあかりが細い筋となって、漏れ射していた。その細い筋は、おかよの豊かな胸乳《むなぢ》に延びている。

鴨井十右衛門はさっきからその乳を持てあましていた。それでも、おかよが喜悦《きえつ》の細い声を漏らしつづけるので、やめられないでいた。とはいっても、そろそろ飽

きてきた。

「おかよ、もうよい。この辺にしておこう」

鴨井は両の手をおかよの胸乳から離して仰向《あおむ》けになった。

「いやよ。もう少し」

おかよは鴨井の胸に頬をつけ、足をからめてくる。

「三月も辛抱していたのですよ」

「これからは辛抱はいらぬだろう。それに、もうすぐ仲間がやってくる」

「いや、いやよ」

おかよは腰をこすりつけ、鴨井の上に跨《また》がるように重なった。鴨井はくびれている腰をやさしくさする。おかよは豊満な胸をしているが、下半身はよく締まっていて細かった。

着物姿になると着やせして見えるが、実際は見事な肢体を持つ女だった。

「もうよい。どいてくれ。仲間が来たらことだ」

鴨井は強引におかよを払いのけて半身を起こし、胡座をかいた。

「吝嗇《けち》なことを……」

おかよは小娘のようにぷっと頬をふくらませ、唇をとがらせる。

「お楽しみはまたあとだ。それより片づけて、風を入れるのだ」

部屋には男と女の淫靡《いんび》な匂いが充満していた。

鴨井は身繕《みづくろ》いを調えると、隣の座敷に行って火鉢の前に座った。隣の寝間では
おかよが布団をたたみ、風を入れ替えている。

鴨井は火鉢に炭を足し、おかよと交わりながらときどき考えていたことに、再び
考えを戻した。

それは吉村屋で犯した自分の罪だった。殺しまでするつもりはなかった。

(何故、あんなことになってしまった)

自問せずとも答えはわかっている。おかよとの計画が不首尾に終わったからだ。うまくいくはずだったのだが、思いどおりにはいかなかった。

吉村屋の主以下八人を殺《あや》めたのは、あきらかに計算違いだった。そうは思っても、
もはや取り返しはつかないし、後悔してもはじまらないことはわかっている。

「お茶を淹れましょうか」

おかよが隣の部屋からやってきた。障子が開けられて閉められるまで、ひんやり

した空気が座敷に吹き込んできた。

「うむ」

おかよは火鉢の反対側に座って、茶の支度にかかった。五徳《ごとく》の上の鉄瓶からは湯気が出ている。

「どうしたのです、浮かない顔をなさって。まだ、あのことを気に病んでいるのですか」

おかよが鉄瓶を取って聞いてくる。

「しかたないことであったが、やはり殺しはまずかった」

「ああしなければ逃げられなかったかもしれませんよ」

「そうであろうが、殺しをやったからには御番所が目の色を変えて動くだろう」

「金を盗んだだけでも動きますよ」

「おまえは……」

鴨井はおかよを見つめた。丸顔でやさしげな面立ちだ。女のほうが男より残忍なのかもしれないと思う。それとも、おかよは割り切りがよいのか。

「どうぞ。それでなんでしょうか」

淹れ立ての茶を差し出して、おかよは顔を向けてくる。さっきまで喜悦の声を漏らしていたとは思えない豹変《ひょうへん》ぶりだ。

「さっぱりしていると思ったのだ」

「いつまでも吉村屋のことに囚《とら》われていると、これからの〝仕事〟に差し障《さわ》るでしょうに。大きなことをやらなければならないのですよ。そっちのほうが大事ではございませんか」

「それはよくわかっている。だが、やるべきことをやる前に捕まるようなことになったら、本懐《ほんかい》は遂げられぬ」

「御番所の調べが怖いので……」

「怖い怖くないということではない。面倒になるということだ。御番所の調べを甘く見ないほうがいい」

「わたしたちに手がのびる前に、思いを果たせばよいのです。果たせば、そのまま江戸を去るのですから」

「おまえは気楽なことを言うやつだ。ま、そういうところがよいのかもしれぬが……」

「悔いたところで、後戻りはできないのです。それに仲間は手はずを整えているのです。その機会は迫っているのですよ」

「うむ、そうだな」

鴨井はゆっくり茶を飲んだ。林を吹きわたる風の音が聞こえてきた。その風が戸板をカタコトと揺らしている。

「でも、もう郷里《くに》には帰ることはできませんね」

おかよが顔を向けてきた。どことなく愁《うれ》いを帯びた目に、淋しさが漂っていた。

「もとより故郷に帰ることなど考えてはおらぬ。肚《はら》をくって江戸に出てきたのだからな」

「それで無事に終わらせることができたあとは、いかがされるのです？」

「どこか他国《よそ》に行くしかなかろうが、それはあとのことだ。まずは我らの遺恨《いこん》を晴らすのが大事。向後のことはそのあとでよかろう」

「殿方は、みなそうおっしゃいます。女より悠長《ゆうちょう》なのですね」

「先のことを考えるより、まずは目の前のことを片づけるのが大事だからだ」

「でも、わたしはずっとあなたについて行きます。その気持ちに変わりはありませんからね。そのこと忘れないでくださいまし」

おかよは潤んだような瞳を向けてくる。

「わかっている」

鴨井がつぶやくように答えたとき、風の音に混じる人の足音が聞こえてきた。

二人は同時に体を緊張させ耳を澄ました。

やがて、戸口に人の立つ気配があり、

「鴨井さん、いるんですか」

と、声がかかった。

「隆之助《りゅうのすけ》だ」

鴨井はおかよの顔を見て言うと、腰を上げた。

「いま開ける」

五

料理茶屋「すずしろ」は木挽町五丁目にある森田座のすぐそばにあった。店の前には三十間堀《さんじつけん》があるので、ちょっとした風情がある。

芝居茶屋らしく、役者連中の出入りも多く、またそんな役者の贔屓筋も店の顔だという。

近所で簡単な聞き込みをやった伝次郎と粂吉は、そば屋で腹を満たしたあとで「すずしろ」を訪ねた。

暖簾《のれん》の掛かっている店の戸口を入ると、すぐに控えていた店の者が両手をついて迎えの挨拶をしてきた。廊下を女中たちが行き来しており、客間からは三味線《しゃみせん》に合わせた小唄が聞こえてくる。

「南町の沢村という。つかぬことを伺いたくてまいった。そのほうは」

「番頭の仁助《にすけ》と申しますが、どんなことですか？」

町方だと知ったせいか、仁助と名乗った番頭は笑みを引っ込めて答えた。

「新両替町の吉村屋の平左衛門は、この店の贔屓だと聞いたのだが……」

「吉村屋の旦那さんのことですか。大変なことになりましたね」

すでに吉村屋の一件を知っているらしい。

「この店で鴨井十右衛門という浪人を吉村屋に紹介した者がいると聞いたのだが、

そのことについて知りたい。誰かわかる者はいないか」

「それでしたら……」

仁助は一度帳場のほうに目をやり、

「どうぞお上がりください」

と、入り口近くの小部屋に案内してくれた。

「鴨井様のことを知っている者を呼んでまいりますので、しばしお待ちください」

仁助はそのままどこかへ消えていった。

伝次郎と粂吉は静かに腰をおろすと、部屋のなかを眺めた。小部屋だが小さな床の間があり、掛け軸があり、置かれた壺に菊の花が活《い》けられていた。

「いい店ですね」

粂吉が感心顔で言う。たしかに品格を感じさせる落ち着いた店だ。楽しげな客の笑い声や話し声が、奥のほうから聞こえてくる。聞こえていた三味線と小唄は止んでいた。

待つほどもなく仁助が、一人の女中と手代を連れて戻ってきた。女中はお松《まつ》、手代は宇兵衛《うへえ》といった。

「南御番所の旦那だ、失礼のないように」

仁助は宇兵衛とお松に注意を与えて部屋を出て行った。

「吉村屋で起きたことはもう耳に入っているようだから、詳しいことは言わぬが、あの店には鴨井十右衛門という浪人が雇われていた。吉村屋はその鴨井をこの店で紹介してもらったらしいのだ。知っていることがあれば教えてもらいたい」

「鴨井様がどうかなさったのですか」

聞いたのはお松だった。ふっくらした顔の大年増だ。

「行方がわからぬのだ。下手人は鴨井かもしれぬ。追わなければならぬが手掛かりがない。それでいかような経緯《いきさつ》があって、吉村屋に紹介されたか、それを知りたいのだ」

お松は一度、宇兵衛と顔を見合わせた。

二人とも何か知っていそうな顔つきである。

「鴨井様が店にお見えになったのは、さほど多くありません。いつもごいっしょだったのは、溝口《みぞぐち》家のご家老様でした」

宇兵衛が答えた。

「溝口家……」

伝次郎は眉宇《びう》をひそめた。

「越後新発田《えちごしばた》藩のお殿様のご家来です」

「何という家老だ？」

「佐治平兵衛《さじへいべえ》様ですが、いまは殿様と国許《くにもと》にお帰りになっていらっしゃいます」

「では、その佐治殿が鴨井を吉村屋に紹介したということか」

「わたしはそう聞きましたが、お松さん、あんたはそばにいたのではないか」

宇兵衛はお松を見た。

「はい。わたしはいつも佐治様の席についておりまして、そのときに鴨井様を吉村屋さんに紹介されたのです。去年でしたか、吉村屋さんは泥棒に入られまして、それで用心棒を雇いたいとおっしゃっていたのです」

「それで佐治殿が連れてきた鴨井を紹介したと……」

「佐治様は鴨井様を大層持ち上げられまして、吉村屋さんもそれでは頼みたいとおっしゃったんです」

「吉村屋と佐治殿は、どういう間柄だったのだ」

「さあ、よくは知りませんが、佐治様は吉村屋さんの店を贔屓になさっていたようです」

「ふむ」

伝次郎は考えて言葉をついだ。

「鴨井と佐治殿が、どんな間柄なのかわかるか」

お松がわからないと首をかしげれば、宇兵衛もわからないと言った。

「鴨井は浪人だったと思うのだが……」

「そのような身なりでしたが、物静かな人でした。でも、剣の腕はかなりだと佐治様がおっしゃっていました。でも、ほんとうにあの鴨井様が今度のことを……」

宇兵衛は驚いたように目をしばたたく。

「鴨井と決めつけるわけではないが、騒動のあと、姿をくらましているからな」

「もう一人店から消えた女中がいる。おかよという女だが、何か知らねえか」

粂吉だった。宇兵衛とお松は少し考えたが、わからないと首を振った。

「要するに、鴨井を吉村屋平左衛門に紹介したのは、溝口家の佐治平兵衛というご家老というのは間違いないのだな」

「そのはずです」

お松が自信ありげに言う。

「鴨井が店に来たのは多くないとさきほど言ったが、なぜ、覚えている」

「役者のように目鼻立ちの整った方だったからです。お松などは森田座の役者が見えたと勘違いしたほどです」

宇兵衛がそう答えると、お松が言葉を添えた。

「そうなのです。わたしたち女中の間でもちょっとした噂になりまして……」

宇兵衛とお松から聞けた話はそれだけだった。

六

「旦那、大名家がからんでいるんじゃ厄介じゃありませんか」

「すずしろ」を出るなり、粂吉が言った。

「大名家の家老が殺しをやって、金を盗んだというのではない。その家老もいまは国許に帰っているというから、直接吉村屋の一件にからんでいるとは思えぬ」

「しかし、探りは入れなきゃならんでしょう」

「たしかに……」

伝次郎は思案顔で歩いた。

町奉行所が管轄《かんかつ》するのは、あくまでも江戸市中の町屋である。大名家や幕臣、そして寺社への捜査権はない。それに伝次郎が町奉行所を去ることになったのは大目付宅での捕り物であったから、余計に神経を使わなければならない。

「鴨井が吉村屋に雇われたのは三月、そしておかよが雇われたのは三月ほど前」

伝次郎は独り言のようにつぶやく。

三十間堀沿いの河岸道には、料理屋や居酒屋のあかりが縞目《しまめ》を作っていた。そばの堀川の水面は、寒そうな月を映している。

「鴨井とおかよは、金を盗むために手の込んだ密計を立て吉村屋に雇われたんじゃ」

腕組みをしながら歩く粂吉が言う。

「そうだとすれば、周到な計画を立てていたことになるが、鴨井は溝口家の家老の紹介で吉村屋に雇われたのだ。おかよは口入れ屋を介している」

「でも、おかよは吉村屋を名指ししたんですよね。二人は前々から通じあっていたと考えてもいいんじゃないでしょうか」

そう言う粂吉の推量を、伝次郎は否定はできない。こういった場合はあらゆる考察が必要なのだ。

「もし、そうだとすれば、鴨井とおかよは吉村屋にいるときに親しくしていたか、あるいはわざと知らぬ顔をしていたかだ。そうはいっても男と女のことだ。二人が通じ合っていたならば、店の者は何か気づいていたかもしれぬ」

「旦那、もう一度吉村屋で聞き込みをすべきじゃ」

「うむ」

うなずいた伝次郎は足を速めながら、

「粂吉、鴨井とおかよの人相書を作らなければならぬ。手配できるか」

と、粂吉を見た。

「そういうことでしたらまかせてください。で、これからってことですか」

「そうだ」

「それじゃ、絵師の家にひとっ走りしてきます」

「おれは吉村屋にいる」

その場で伝次郎は、粂吉と別れて吉村屋に急いだ。

吉村屋の表戸には「忌中」の貼り紙がしてあり、表まで抹香《まっこう》の匂いが漂っていた。読経の声も聞こえてくる。腰高障子は店のなかのあかりを受けていた。

「ごめん、邪魔をする」

伝次郎は戸を引き開けて店のなかに入った。帳場に喪服を着て神妙な顔で座っていた手代の新吉が、すぐに尻を上げて、

「これは旦那」

と、声をかけてきた。

「忙しいときに悪いが、たしかめたいことがあるのだ」

「わたしでお役に立つことでしたら何でも話をします。身内の人たちで、座敷はいっぱいなんです」

たしかに土間には、いくつもの草履や雪駄が並べられていた。

「消えた鴨井とおかよのことだが、二人は常から仲がよかったのだろうか」

「仲がよかったかと言われれば、よかったかもしれませんが、どうでしょう。おか

よは屈託《くったく》ないおしゃべりで、みんなとよく話はしていましたが……鴨井様はあまり話をされない方でしたから……」

「二人だけで会っていたとか、鴨井の部屋におかよが入っていったとか、そういうことはあったか？」

「さあ、お二人だけで会っているのを見たことはありません。それに鴨井様の部屋に、女中が入ることはありませんでした。鴨井様は自分の部屋のことは、自分でやっておられましたから」

「洗濯はどうだ」

「それはお常《つね》の仕事でした」

「お常は？」

「殺されています」

新吉は唇を噛んだ。

「鴨井は昼間、よく外出をしていたのだったな。その折におかよと会っていたようなことはなかっただろうか」

「さあ、どうでしょう。わたしは見たことがありません」

「おかよと親しかった女中はいないか」

新吉は一度奥の座敷に目をやってから、呼んで来ますと言って席を立ち、一人の女を連れて戻って来た。

「おそでといいます。おかよと同じ部屋で仲がよかった女中です」

新吉に紹介されたおそでは、怖い物でも見るような目を伝次郎に向けた。おとなしそうな面立《おもだ》ちで、まだ十代のようだ。

「おかよと仲がよかったということは、いろんな話をしただろう」

おそでは、へえとうなずく。

「どんな話をした」

「国のこととか親のこととか、そんなことです。店のことも話しましたけど……」

「国というのはおまえの生まれ故郷のことか、それともおかよのことか？」

「おかよさんです。生まれたのは雪の深い山のなかだと言って、冬の楽しみとか、どんな遊びをしたとか、そんなことを聞きました」

伝次郎は眉宇をひそめた。おかよは小梅村の出だったはずだ。それなのに雪深い山のなかと言っている。

「おかよは小梅村の百姓の娘だったはずだが……」

「小さい頃、養子に出されたといっていました。その親は小梅村の百姓だったと聞いています」

「おかよは雪深い山の話をしたらしいが、それはどこの国だろう」

「越後です」

伝次郎はピクッと眉を動かした。おかよと新発田藩溝口家が繋《つな》がった。新発田藩は越後である。

「おかよは鴨井十右衛門と逃げたと思われるが、二人の仲はどうだった」

この問いに、おそでは首をかしげてから、口を開いた。

「おかよさんは、あまり鴨井様のことを好きでなかったようです。他の女中さんたちが、鴨井様はいい男だと言っても、澄ました顔で人を見下した目をするから嫌な人だと」

「そんなことをおかよが言っていたのか」

「はい。鴨井様は色男なので、他の女中さんたちはひそひそと鴨井様の世話をしたいと言っていたんですが、おかよさんは真っ平御免だと言ってました」

それがほんとうなら、鴨井とおかよはどこで繋がっていたのだ。もしや、おかよは鴨井のことをよく知っていながら、そう装っていただけかもしれない。

「おかよが表で鴨井と会っていたようなことはなかっただろうか」

「それはわかりませんけど、なかったと思います」

伝次郎はその後もいくつかのことを聞いたが、鴨井とおかよを繋ぎ合わせる話は聞けなかった。

「新吉、とにかく用心棒の鴨井とおかよを捜さなければならぬ。ついては人相書を作るので手伝ってくれるか」

伝次郎は、おそでを座敷に帰したあとで言った。

「それはかまいませんが、今日ということでしょうか」

「じき、粂吉が絵師を連れてくる。店の者にも手伝ってもらいたい」

「承知しました」

「それで鴨井の証文などはないか」

「鴨井様は旦那さんが連れて見えた方なので、そんなものは一切ないのです」

「すると、鴨井が吉村屋に来る前のことは何もわからないと……」

「さようです」

ふむ、それは困ったなと、伝次郎が視線を彷徨わせたとき、勢いよく戸が開けられて、

「手代さん」

と、あらわれた男の子が、緊張した顔を新吉に向けた。

するると、新たに女の子も入ってきた。

「手代さん、おっかあ、おっかあは……」

女の子はいまにも泣きそうな顔を新吉に向けた。

「奥の座敷だ。顔を拝んでおやり」

二人の子供ははっと目をみはり、何も言わずに草履を脱ぐと、奥の座敷に駆けるように入っていった。その座敷からは読経の声とすすり泣きが聞こえていた。

「お常の倅《せがれ》と娘です」

新吉が座敷を見て言ったとき、

「おっかあ!」

と、悲痛な叫び声が上がった。伝次郎は、その声に胸をつかれた。

第三章　請け人

一

粂吉が絵師を連れてくると、伝次郎は空いている部屋を借りて、その部屋に奉公人を呼んだ。鴨井十右衛門とおかよの、似面絵入りの人相書を作るためである。

絵師が人相書を描いている間、伝次郎は数人の奉公人たちから、鴨井とおかよについていくつかの質問をしたが、これまでわかっていること以外に新たな話は聞けなかった。

しかたなく帳場横で茶を飲みながら暇をつぶした。手代の新吉はやってくる弔問客の応対に追われていた。焼香をしてすぐ帰る者もいれば、座敷に上がったままなかなか帰らない客もいた。そのうち、通夜も一段落し、店が用意した通夜振る舞いがはじまると、泣き声に混じって笑い声も出るようになった。

新吉が気を利かせて食事を勧めたが、伝次郎はやんわり断った。そのそばに、お常の息子と娘がやってきて座った。二人とも肩をふるわせ、しくしく泣いていた。兄は妹をなだめるように、ときおり背中をなでていた。そんな子供を見ると、伝次郎はまるで我がことのように胸を痛めずにはおれない。

自分も妻子を殺されているという痛ましい過去があるからだ。長男の慎之介《しんのすけ》が生きていれば、いま頃は一人前の同心になっていただろう。

「若旦那、こちらが南御番所の沢村伝次郎様です」

新吉の声で、そっちを向くと、三十半ばと思われる男が丁重に両手をついて挨拶《あいさつ》をした。

「吉村屋平左衛門の倅・嘉市《かいち》と申します。此度はお世話になります」

「大変な目にあったな」

「両親はもちろんのこと、殺された奉公人たちも、これではあまりにも可哀相でございます。下手人をきっと捕まえてください。そうしてもらわなければ、殺された者たちの魂は浮かばれません」

「必ずや見つけ出すつもりだ。それで、嘉市と申したな。行方をくらましている鴨井とおかよについて何か知っていることはないか」

伝次郎は嘉市を眺めた。喪服のせいもあるだろうが、色白のやさ男で、華奢《きゃしゃ》な体をしていた。硬い表情であるが、人柄のよさそうな顔つきだ。

「おかよのことはわかりませんが、鴨井様のことは父から聞いたことがあります。今度、いい人を用心棒に入れることになったと。剣の腕もあれば、人柄もよいと言っておりました。昨年の暮れにこの店に盗人が入って以来、父はわたしに用心棒を雇いたいと言っていたのです。心配性の父でしたから、わたしはこれで安心だと思っていたのですが……まさか、その用心棒が……」

「鴨井に会ったことはあるのか」

「何度かありますが、挨拶程度しかしておりません。物静かで、何となくとっつきにくそうな方でしたから……。いまになって思えば、どこで何をしてきた人なのか、それもわかりませんで。用心深い父も、佐治様のご紹介ということで、そんなことは気にしなかったのでしょう」

「佐治様に会って話を聞きたいのだが、国許に帰っておられるから、困っておるのだ。だが、佐治様が新発田藩溝口家の家老なら、鴨井も越後の出なのかもしれん。それに、おかよも越後の生まれだと聞いた」

「まことでございますか」

嘉市は驚いたように目をまるくした。

「聞き調べでわかったことだ。だが、どこまでほんとうのことかわからぬ。とにかく行方をくらました鴨井とおかよを捜すのが先だ。それで他に聞いていることはないか」

嘉市は少し考えてから答えた。

「……これは父から聞いたことですが、鴨井様は上野のさる道場で修行なさっていたと、そんなことを聞いたことがあります」

「どこの道場だ」

「そこまでは聞いておりませんで……」

嘉市は申しわけなさそうに頭《こうべ》をたれた。

「おかよについてはどうだ」

「佐兵衛さんの紹介だったはずです。おかよは根があかるいのか、他の女中たちともうまくやっているように見えましたが、話したことはないのです」

「佐兵衛というのは口入れ屋だな」

「さようです。うちは人を雇うときは、佐兵衛さんを頼っておりましたので……」

「溝口家の佐治様というご家老だが、会ったことはあるか」

嘉市はないと首を振り、

「とにかくよろしくお願いいたします」

と、頭を下げて奥の座敷に戻った。

「名はなんという」

手持ち無沙汰になったついでに、そばにいる兄妹に声をかけた。殺されたお常という女中の子供だ。娘のほうはしくしく泣きながら手拭いを使っていた。

「仙吉《せんきち》と申します」

「いくつだ」

「十四です。町方の旦那様ですよね」

「さようだ」

「下手人を、人殺しを捕まえてください。そうでなきゃ、おっかあが……おっかあが……」

仙吉は唇を引き結んで涙を堪えた。

「おっかさんの敵《かたき》は、きっと討ってやる」

「殺してください。おっかあを殺したように殺してください」

涙目の仙吉は悲痛な声で訴えた。

「わかった」

「お滝《たき》、旦那様がきっと敵を討ってくださる。おまえもお願いするんだ」

仙吉が隣にいる妹に言うと、

「お願いいたします。お願いいたします」

と、お滝は泣きながら何度も頭を下げ、また肩をふるわせた。

「仙吉は茶問屋に、妹のお滝は薬種《やくしゅ》問屋に奉公に出ているんです。お常さんは、この二人を奉公に出したあとで、うちに来たんです。住み込みになったのは本人の願いでした。長屋の店賃を払わなくてよいし、店にいたほうが楽だからとお常さんは言っていました」

新吉がしんみりした顔で言う。

「亭主はどうしたのだ」

「もうずいぶん前に死んだそうです」

「おとっつぁんは、わたしが六つのときにぽっくり病で逝《い》ったんです。それからおっかさんは、わたしと妹を育てるために昼も夜もはたらいていました。何でもかんでも切り詰めなければならないほど貧乏でしたけど、わたしは……おっかさんが、大好きでした」

仙吉はそう言ったとたん、大粒の涙を頬につたわらせた。

「旦那、人相書ができやした」

粂吉が帳場にやってきて、そう言った。

二

昨夜、作った人相書を摺《す》り増しした伝次郎は、それを粂吉に配るように指図したあとで、上野に向かった。

条吉は各町内の自身番はもちろん、岡っ引きやその手先となっている下っ引きにまで人相書を配るはずだ。もっとも江戸市中全域への手配りは難しいが、成果があることを期待するのみである。

伝次郎が上野に足を運ぶのは、昨夜吉村屋の嘉市から聞いた一言があったからだ。嘉市は鴨井十右衛門が上野の道場で修行していたと言った。どこの道場かわからないが、剣術道場はさほど多くない。一軒一軒訪ねていけば、鴨井に行きつくはずだ。

昨日に引きつづき秋晴れである。町は吉村屋で陰惨《いんさん》な出来事が起きたにもかかわらず、平穏そうに見える。もっとも吉村屋の悲劇は、関わりのない者にとっては、同情を寄せるのみだ。誰しも、その日の暮らしや稼ぎで頭はいっぱいであろうから。

伝次郎は上野に向かいながら、溝口家の家老・佐治平兵衛のことをどうやって調べようかと思案していた。

佐治と鴨井は密接な関係だと考えるべきだ。家老職にある人間が、よく知りもしない者を、吉村屋に紹介することは普通に考えればないだろう。

もっとも、鴨井に魂胆《こんたん》があり、佐治に取り入っていたと考えることもできるが、とにかく国許に帰っている佐治のことを調べる必要がある。

（今日のうちに何とかしたい）

その思いを胸に秘めながら上野に入った。

上野界隈には剣術道場が両手で数えるほどあった。名もない小さな道場を入れれば、おそらくその倍の数になるかもしれない。

伝次郎は大きめの道場からあたっていった。

まずは直心影流《じきしんかげ》の大石《おおいし》道場、神道無念《しんとうむねん》流の福井《ふくい》道場、小野《おの》派一刀《いっとう》流の精練館《せいれんかん》と訪ねていったが、鴨井十右衛門がいた形跡はなかった。

町奉行所同心の聞き込みは地道である。粘り強さと根気のいる仕事だ。あっさりあきらめるようでは探索方は務まらない。伝次郎はさらに一軒二軒とまわった。

昼前には大方の道場を訪ねたが、鴨井十右衛門なる男はどこにもいなかった。

鴨井が端から吉村屋を襲う計画でいたなら、上野の道場というのは出鱈目《でたらめ》だったのかもしれない。おかよも佐兵衛の口入れ屋には嘘をついていた節《ふし》がある。

しかし、伝次郎は考えた。上野と一口に言っても、上野の近くに道場があれば、人は面倒な説明を避けるために「上野」と言うことが多々ある。

そのことを念頭に、不忍池《しのばずのいけ》をまわり込み、根津《ねづ》に足を延ばしてみた。二軒ほど小さな道場を見つけたが、やはりそこにも鴨井のいた形跡はない。

(根津であれば、人は根津と言うはずだ)

そう思い至り引き返した。上野の山は紅葉の盛りだった。紅葉した楓《かえで》があれば、銀杏《いちょう》は黄色く色づいている。それらは常緑の木々のなかにあって一際《ひときわ》引き立っていた。

「鴨井十右衛門でしたら、うちにいた門弟です」

そう答えたのは、下谷《したや》車坂町《くるまざかちょう》にある無外《むがい》流の昇雲館《しょううんかん》という道場だった。上野広小路は目と鼻の先だ。鴨井が上野の道場と言ったのはうなずける。

「いまどこにいるか、見当はつきませんか」

伝次郎はやっと捜しあてたという興奮で、目を輝かせて道場主の森崎藤蔵《もりさきとうぞう》を見る。五十代半ばの小柄な男だった。

「いまでございまするか。さあ、それはわかりかねますな。あの男が入門したのは、昨年の秋頃でしたが、年が明けると姿を見せなくなったのです」

「すると、今年の正月頃からここへは来ていないのですね」

「鴨井はかなりの練達者でした。うちの門弟のなかでも抜きん出ていましたから、物足りなくなったのではないかと、勝手に思っております。ところであの鴨井が何か」

森崎は目をすがめるようにして伝次郎を見る。

二人がいるのは見所脇《けんぞ》にある小部屋だった。道場はそこからまる見えで、さっきから稽古がつづけられており、板を踏む音、竹刀《しない》のぶつかり合う音、そして門弟らの発する気合が交錯していた。

「鴨井は、つい先頃まで吉村屋という小間物屋に雇われていたのですが……」

伝次郎はそう前置きをして、ざっと経緯を話した。

「それはまた由々《ゆゆ》しきことに。あの男が人を殺めたとしても驚きはしませんが、相手が商人とその店の奉公人というのは信じがたいことです」

「鴨井を下手人と決めつけるものはありませんが、もっとも疑わしい者であることに代わりはありません。それで鴨井について知っておられることを、教えてもらいたいのです」

「あれは一見物静かな男でした。ところが、些細《ささい》なことで、たとえるならおのれに対して気に入らぬ振る舞いがあったり、気に障ることを言われると、目つきを変えるのです。射殺《いころ》さぬばかりににらみつけ、ときに手を上げることもありました。物静かでありながら激昂《げっこう》しやすいのです。静かにしているときは、血の気の多さを抑えていたのでしょう」

「生まれは越後だと思うのですが……」

伝次郎は目の下をたるませている森崎を見て聞く。

「さように話しておりました。越後では物足りないので、腕を磨くために江戸にやってきたと」

「鴨井はどこに住んでいましたか」

「この近くです。下谷山崎町《やまざきちょう》の裏店《うらだな》でしたが、いつの間にか越したようです。それきり沙汰はありません」

「暮らしはどうやっていたのでしょうか」

「それは与《あずか》り知らぬことです。それでも、暮らしに困っているようではありませんでした」

「新発田藩溝口家のことを聞いていませんか」

「お大名家ですか。いえ、そんなことは聞いておりません」

「門弟のなかにその辺について知っている者がいれば、聞きたいのですが」

伝次郎が請うと、森崎は稽古中の男をそばに呼びつけた。

「こちらは御番所の方で沢村さんとおっしゃる。鴨井のことをお調べになっているので、知っていることを話してくれぬか。おぬしはわりと鴨井と仲がよかったはずだ」

「鴨井殿が何かやらかしましたか。あ、わたしは土田久五郎《つちだきゅうごろう》と申します」

「鴨井には殺しの疑いがかかっています」

伝次郎はさっき森崎に説明したことと同じことを繰り返して、言葉をついだ。

「鴨井がいまどこにいるかご存じありませんか」

「さあ、それはわかりかねます。今年の正月に会ったのが最後です」

「この道場で？」

「いえ、広小路でした。女を連れているので、これはめずらしいと思い声をかけると、たいそう慌てた様子で、連れあいだと言って、追い払うようにその女に先に行けと言いました。それがおかしくて笑うと、何用だと剣呑《けんのん》な目を向けてきました」

「もしや、この女ではありませんでしたか」

伝次郎はおかよの人相書を見せた。土田はしばらく目を凝らしたあとで、よく似ているると言った。

「おかよと言いますが、鴨井といっしょに住んでいたのではないですか」

「わたしには何かを誤魔化すように、転がり込んできて迷惑をしている。いま、追い出す算段をしていると言いました」

「ふむ……」

「ああ、そうそう。女も越後の出だと言っておりました。だから早く追い返さなければならないと、そんなことを短く話しました。それが鴨井と会った最後です」

伝次郎はしばらく思案をめぐらしたあとで、

「鴨井が住んでいた長屋を教えてくれませんか」

と、頼んだ。

三

鴨井は今年の三月頃まで下谷山崎町の長屋に住んでいた。住人の誰もがそのこと

を知っており、また、おかよについて、

「あの人は去年の暮れだったかしら、正月だったかしら、鴨井さんの家にやってきたんですよ。そのまま夏の終わり頃までいましたね」

と、言ったおかみがいた。

この証言は二人が吉村屋に雇われた時期と、ほぼ一致する。

「おかよはどんな女だった」

「人を殺すような女には見えませんでしたよ。よく話もしました。冗談も言って笑ったりしてたので、長屋の人はとっつきにくい鴨井さんに、どうしてあんな女がくっついているのかと不思議がっていました。まあ、男と女のことですから、いろいろあるんでしょうけど」

おかみはそう言って、額に貼りつけている膏薬《こうやく》を押さえながら意味深な笑みを浮かべた。

「鴨井の家に人の出入りはなかっただろうか」

「ありましたよ。みんなお侍です。鴨井さんの姿が見えなくなってからも、ときどき見えてましたけど、どんな人たちなんだろうと話していたんです」

「侍……。何人ほどだ」

「わたしは三人は見ましたよ。顔を合わせても話はしませんでしたけど」

「鴨井は三月頃からこの長屋には住んでいなかったはずだが……」

「ときどきふらっと帰って来ていました。わたしゃ、てっきり、おかよさんが鴨井さんの留守を預かっているんだと思っていたんですけど……。でも、旦那さん、ほんとうに鴨井さんが人を……」

おかみはこれでもかというぐらいに目を大きくして聞く。

「そうだとは言えぬ。疑いがあるだけだ」

「恐ろしいことを。まさか、おかよさんまでも……」

「それも調べているところだ。訪ねてきたという侍だが、どこの何者かわからぬか」

「わかりませんよ。みんなおっかなそうな侍ばかりでしたから」

「他の連中もわからぬだろうか」

伝次郎は井戸端で洗濯をしながら、おしゃべりをしている三人のおかみを見た。

「聞いてもわからないと思いますけど」

そう言われたが、伝次郎は念のために井戸端に行って、そこにいるおかみたちに問いかけてみた。

だが、返ってきた答えは、額に膏薬を貼っているおかみが話したこととほぼ同じだった。

長屋を出ると、大家を訪ねた。

「鴨井さんの請け人ですか……」

「さよう。わかるなら教えてもらいたいのだ」

「いったい何をお調べで……」

腰の曲がった大家は面倒そうな顔をしながらも、店請状《たなうけじょう》の控えを調べてくれた。

それからすぐに、ほおほおと、奇妙な声を漏らしながら、帳面に目を近づけたり遠ざけたりして、

「この方だと思うのですが、ご覧になってくださいまし」

と、伝次郎に帳面をわたした。

――津田屋吉三郎
住所は兼房町《けんぼうちょう》となっていた。

伝次郎は目を凝らして頭に刻みつけながら、この男はまことにいるのだろうかと訝《いぶか》しんだが、調べてみるしかない。

「この津田《つだ》屋というのは何の商売をやっているのだ？」

「さあ、なんでございましょう。聞いたような気はするのですが、もう忘れてしまいました。その方に会ったわけでもございませんし」

大家はずるっと音をさせて茶を含んだ。

伝次郎は大家に礼を言うと、そのまま上野をあとにした。

足を運んだのは少なからず無駄ではなかった。

鴨井という人間の一面を知ることができたし、鴨井とおかよが、吉村屋に入る前からつながっていたこともはっきりした。また、鴨井が住んでいた長屋の請け人も判明した。もっとも、これまでの経緯を考えると、請け人は偽りかもしれない。

それはともかく、鴨井には少なくとも三人の仲間がいるようだ。

（三人の侍か……）

いったいどういう男たちだろうかと考えるが、捜す手掛かりはない。

晴れわたった空に筋雲が迫《せ》り出していた。その空に数羽の鳶が舞っていた。

（さて、請け人の津田屋吉三郎《きちさぶろう》に会ったら、溝口家か……）

内心でつぶやいた伝次郎は、これからが厄介だと思った。

四

その頃、新発田城内の広座敷に藩重臣らが集まり、藩政についての評定《ひょうじょう》が行われていた。

その主なものは、年貢《ねんぐ》収入と城下の町人らの公役についてだった。町人への公役は、労働の代わりに公役金として収めることができる。

その席に藩主・溝口直諒《なおあき》はいないが、大老《たいろう》・側用人《そばようにん》、そして四家老が顔を突き合わせていた。

議論は白熱するが、これは四家老の対立と言ってよかった。守旧派と革新派が真っ二つに分かれているのだ。

「公役を増やせば、自ずと国役金が増える。年貢も然《しか》りだ。わかりきっていること故、つべこべ話し合うこともなかろうに……」

忌々《いまいま》しそうに言うのは、守旧派の家老・矢代主計《やしろかずえ》だった。その目は、反対側に座る佐治平兵衛に向けられていた。にらむような視線である。

「つべこべと申しているのではござらぬ。このままでは領民たちの暮らしが、ままならなくなるばかりでなく、城下の商人たちも生計《たつき》が苦しくなると申しているのでござる」

「そのことは何度も聞いておる。領民を思いやるのを咎めはせぬが、新発田川の普《ふ》請《しん》、医学所の入費をいかように賄《まかな》う。それだけではない。来年は参勤《さんきん》もあるのだ。佐治殿は倹約倹約とおっしゃるが、参勤にも普請にも莫大な入費がかかるのは申すまでもないこと。かような評定ではいっこうに話がまとまらぬではないか！」

語気荒く言い放ったのは、やはり守旧派の家老・堀三右衛門《ほりさんえもん》だった。

しかし、佐治はここで折れてはならぬと、言葉を返す。

「それがしはむろん、家臣の禄の倹約です。参勤や普請などの入費があるのは承知のうえで申しているのです。それに、しばし見合わせてもよい普請場もあります。参勤については、供連れを例年の半分にしたらいかがかと、さように考えまする」

「笑止《しょうし》。参勤の供連れを半分にだと。そんなたわけたことができるか。殿に恥をかかせ、他家の笑いものになるのは火を見るよりあきらか。まったく益体《やくたい》もないことを」

堀は怒りを抑えた赤い老顔に苦笑を浮かべ、真っ白い髷《まげ》の矢代を見た。そんな二人には取り合わず、佐治は言葉をついだ。

「さらに」

「まだ何かあると申すか」

遮った矢代はいまにも激昂しそうな顔つきだ。にぎりしめた拳をふるわせ、双眸《そうぼう》を光らせて佐治をにらむ。

佐治は一度短い間を置き、対立している矢代と堀を眺め、さらに中立の立場を取りつづけている大老の板倉東右衛門《いたくらとうえもん》と側用人の小野寺勘助《おのでらかんすけ》を見てから、

「江戸表《おもて》の入費に不備がございます」

と、言葉を足した。

「不備……」

堀が声を裏返した。

「さよう。江戸家老の酒井主馬《さかいしゅめ》殿が、藩費を濫用《らんよう》されている節があるとの注進があ

ります」

「ほう。酒井殿が藩費をいかように濫用されていると申すか」

「詳しく申し述べるまでもありますまい。堀殿も矢代殿もご存じではありませぬか」

「わしは知らぬ。妙な言いがかりは迷惑千万。節があるといったが、その証《あか》しでもあると申すか」

矢代はたるんだ頬をふるわせながら、ぎらつく目を佐治に向ける。

「いずれ詳しくお目にかける所存です」

「なに」

堀が顔を紅潮させた。だが、佐治は軽く受け流して言葉を足す。

「幾度も申しますが、飢饉のあおりを受けている諸国と同様、当藩も苦しみ喘《あえ》いでいます。米をはじめ、その他の青物《あおもの》や穀物もここ数年育ちが悪く、収穫もままなりませぬ。城下の町に落ちる金も減じておるようで、勝手向きは悪くなるばかりでございます。そこへ国役金を課せば、さらに城下の経済は悪くなるでしょう。また、苦しんでいる百姓たちの年貢を上げれば、いつ何時一揆《いっき》が起こるかわかりません」

「ややめ。その話は聞き飽きたわい」

声を荒らげて遮ったのは、堀三右衛門だった。つづけて言葉を足し、

「これではいつまでたっても話はまとまらぬ。板倉様、いかがされます」

どっちつかずの立場を貫いている大老の板倉東右衛門を見る。その板倉は側用人の小野寺勘助に顔を向けた。

「話は何としてもまとめなければならぬ。されど、今日のところはここまでにしておこう。少し頭を冷やして、もう一度場を設けることにいたそう。さようなことでいかがか」

小野寺は四人の家老を順々に眺めた。

「佐治殿がへそを曲げて、わからぬことをおっしゃらなければ、話はまとまるのです」

矢代が吐き捨てるように言って、佐治を見た。佐治はその視線を外し、板倉と小野寺に頭を下げ、

「では、先に失礼つかまつります」

と、席を立った。追うように脇本《わきもと》左太夫《さだゆう》がついてくる。だが、二人は廊下を歩き

ながらも、一言も声を発しなかった。

「佐治様、このままでよろしいので……」

脇本が声を発したのは、本丸表玄関を出たあとだった。

「もう少しの辛抱だ。矢代殿と堀殿が折れないのはわかっておる」

「何もかも江戸表の酒井主馬殿のお指図ということでござりましょうか」

佐治は慌てたように周囲に目を配った。

「滅多なことは言わぬがよい。堀殿はそれがしに、監視の者をつけている。どこにひそんでいるやもしれぬ」

佐治は歩きながら応じ、そのまま表門をくぐり、橋をわたった。本丸と、それを囲む二の丸、古丸、三の丸には堀がめぐらされている。新発田川から引き込んだ支流である。そのために、新発田城を「浮舟城《うきふね》」と呼んでもいた。

橋をわたると、土橋《どばし》門前に佐治と脇本の家来が待っていた。休んでいた家来は、二人の姿を認めると、すっくと立ち上がり駆け寄ってくる。

佐治は何も言わずに二つ目の橋をわたり、二の丸に入った。ここは藩重臣の屋敷地となっている。佐治の屋敷は二の丸を抜けた先の三の丸にあった。こちらには重臣と上級藩士の屋敷が並んでいる。脇本も同じ三の丸住まいであった。

「脇本、あの二人が江戸からの指図を受けているのは周知のことだ。だが、いまはそれについては何も言わぬがよい」

「酒井様の入費に不正があるようなことをおっしゃいましたが……」

「大方調べはついておる。だが、それを証拠《あかし》立てても、酒井殿はつぎなる手を打たれるであろう。それに殿の懐深く取り入っておられる。おそらく意見をしても、謀《たばか》りをめぐらされるであろう」

「では、いかように」

「……」

「このままでは藩は立ち行かなくなります。そのことは目に見えているはずです」

「荒療治だ。いまはそれしか言えぬ」

佐治はそのまま口をつぐんで、足を急がせた。供の家来たちが、離されまいと追いかけてくる。

守旧派は国許にいるだけではなかった。江戸表にも頭のかたい重臣がいる。

その筆頭が江戸家老の酒井主馬だった。酒井は江戸にいながら、配下の矢代と堀に甘い汁を吸わせ、甘言《かんげん》を弄《ろう》してうまく取り込んでいる守旧派の首魁《しゅかい》だった。また、矢代と堀も酒井の前では何も言えないし、酒井の圧力は重臣の大半に及んでいた。藩の腐敗の元は酒井主馬にあるといっても過言ではなかった。このままでは、藩政は好転することがない。

「佐治様。では、わたしはここで」

脇本が立ち止まって声をかけてきた。佐治は振り返っただけで、またすぐに足を速めた。自宅屋敷は三の丸大手櫓《やぐら》の近くにあった。

佐治は歩きながら、鉛色の雲に覆われている空をあおいだ。いまにも雪が降りそうな、あやしい雲行きだった。

「佐治様」

声をかけられたのは、自宅屋敷が近くなったときだった。板塀の前に家臣の梅沢《うめざわ》辰蔵《たつぞう》が立っていた。

「何かあったか」

「すぐにもお耳に入れなければならぬことがあります」

辰蔵の顔はこわばっていた。佐治は何かよからぬことが起きたのではないかと、いやな胸騒ぎを覚えた。

「話は屋敷で聞こう」

五

自宅屋敷に帰った佐治平兵衛は、人払いをして奥の間にある書斎に辰蔵を通した。

辰蔵は郡方《こおりかた》の下役《したやく》だが、能吏《のうり》であり、また農村事情に詳しい男だった。

「何があった」

「江戸の動きがおかしいのです」

佐治は眉宇をひそめて、よく日に焼けている辰蔵を見つめた。

「おかしいというのは……」

「江戸の者たちは、勝手に計画を変えたようです」

「どういうことだ」

「酒井様暗殺だけでなく、錦之助《きんのすけ》様のお命をも狙っているようなのでございます」

「なにッ」

佐治は大きく眉を動かした。

錦之助とは藩主・直諒の世嗣《せいし》である。天保《てんぽう》三年（一八三二）に将軍家斉《いえなり》にお目見《めみえ》し、直溥《なおひろ》と名乗るようになっていたが、国許ではいまだ錦之助と呼ばれていた。

佐治の胸に暗雲が広がった。もし、刺客が錦之助を誅殺《ちゅうさつ》すれば、溝口家はそれで途絶えるかもしれない。いや、藩そのものが消滅するかもしれぬ。

ざわつく胸の内を抑えるように、佐治はしばらく考えをめぐらした。刺客たちは、おそらく酒井主馬に感化されている錦之助の向後を不安視し、いまのうちに芽を摘んでおこうという考えなのだろうが、それはとんでもない間違いである。

たしかに、江戸に生まれ江戸で育ち、江戸住まいの錦之助は、江戸家老・酒井主馬の考えを強くすり込まれている。

藩主の直諒は来年にも隠居したいと、まわりに仄《ほの》めかしている。もし、そのとおりになれば、酒井主馬に感化された錦之助が藩政を仕切ることになる。おそらく刺客たちは、そのことを憂慮したのだろう。

「さような書状が届いたのだな」

佐治はようやく口を開いた。

「わたしは知らせが遅いのでいかがしたのだろうかと、気になっていたのですが、その旨《むね》の書状が届きました」

佐治は守旧派からにらまれている。そのために、三の丸に住む佐治に届けられる書状の類いは、すべて検《あらた》められている。それを回避するために、城下に住む辰蔵を介して、江戸の者たちと手紙のやり取りをしているのだった。

「まさか、その書状を持っているのではなかろうな」

「いつものように燃やしましてござります」

「ならばよいが、江戸の者たちの暴挙は止めなければならぬ。すぐに返事を書く故、待っておれ」

佐治はそう言うなり、窓際にある文机《ふづくえ》に移り、料紙《りょうし》を広げて筆を走らせた。

「先の書状は、いよいよ首尾よく終わった知らせだと思っていたのですが、さようなことでございました。なにぶんにも時はかかると思っていましたが、あまりにも遅いので、さようなことだったかと驚いた次第です」

筆を走らせる佐治の背後で辰蔵が勝手に話す。

「それにしても、若様を巻き込もうとしているとは……」

「止めねばならぬ。何としてでも、それはやめさせなければならぬ」

佐治は言葉を返しながら、国許にいる自分のことがもどかしくなった。かなうことなら空を羽ばたく鳥になって、いますぐ江戸に飛んで行きたい心境だった。

「もし、いまこのときに……」

辰蔵のその声で、佐治は筆を止めて振り返った。

「不吉なことを言うでない」

ぴしりと言って再び筆を動かしたが、胸のざわつきは収まらなかった。たしかにいまこのとき、あってはならぬことが起きたら一大事である。手紙が届くまで、ことを起こさないでもらいたいと願うだけである。

佐治は一通書き終わると、もう一通書きはじめた。

一通は酒井主馬誅殺に向かっている刺客たちに、もう一通は佐治の腹心の家来にあてるものである。差出人は自分ではなく、架空の名義にする。

「落とすでないぞ」

手紙をしたため終わると、そのまま辰蔵にわたした。

「ご心配には及びません」

「早飛脚《はやびきやく》を使え」

「承知いたしました」

そのまま辰蔵は書斎を出て行った。

佐治は大きく嘆息したが、胸の動悸《どうき》は収まることを知らない。

早飛脚は江戸まで最短で二日かかる。一日二日遅れることもままあるので、江戸に届くのは三日後か四日後と考えてよいだろう。

「それにしても……」

佐治は忸怩《じくじ》たる思いでつぶやいた。

首尾よくいった暁には、切腹を覚悟している。そのときに使う予定である小刀が、刀掛けにある。その黒漆塗りの鞘が、障子越しのか弱い光を照り返していた。

六

兼房町に津田屋はなかった。

津田屋は薪炭《しんたん》屋で昨年の暮れに開店したらしいが、この夏に店を閉めたという。

それは隣で線香問屋を営んでいる主の言でわかった。

「で、吉三郎という主がいまどこにいるかはわからぬか」

「さあ、それは家主にでも聞かなければわかりませんね。なにせ、ある朝店を開けると、もう隣の津田屋さんはいなかったのですから。代わりに、うちと向こう両隣の店に薪炭の売れ残りをどっさり積んでいきましてね。借金でも抱えていたんでしょうか。ありゃ、夜逃げですよ」

線香問屋は歯が痛んでいるのか、頬のあたりをさかんに揉みながら言う。

「この店の家主はどこにいる？」

「久保町《くぼちよう》の甲左衛門《こうざえもん》さんとおっしゃいます。山田屋《やまだ》という乾物屋《かんぶつ》がありまして、その隣の家ですから、行けばすぐにわかります」

「相《あい》わかった」

伝次郎はそのまま久保町に向かった。表通りに出ると、弓を持った侍の一団と遭遇した。近くに幕府の大的場があるので、稽古の帰りのようだ。

幕臣だと思われるが、近所には諸国大名家の屋敷が多いので、江戸勤番《きんばん》かもしれない。みんな稽古着姿なので、見分けはつかない。

津田屋吉三郎に店を貸していた家主の甲左衛門は、銀髪の品のいい顔をしている年寄りだった。

「店賃はきっちりいただいておりましたので、手前は何も損はしなかったのですが、いったいどうしたのだろうと、いまでも不思議なのでございます。その津田屋の請け人でございますか。少々お待ちください」

伝次郎は戸口を入った土間に立ったまま、何気なく家のなかを眺めた。品のいい甲左衛門に合わせたように、よく掃除が行き届き、整頓《せいとん》されている。几帳面《きちょうめん》な大家なのだ。

「ありました。津田屋さんがどこへ行かれたかわかりませんが、この方が請け人になっていました」

それは、深川森下町《ふかがわもりしたちよう》に住まう志賀喜八郎《しがきはちろう》という男だった。

「これは侍であろうか」

「おそらくそうだと思います。津田屋さんも昔はお侍だったそうで、生計《たつき》がどうにもならないので薪炭屋の商売をはじめたとおっしゃっていましたから」

「津田屋は侍だったのか」

「はい」

伝次郎は津田屋吉三郎が元侍だったということに引っかかりを覚えはするが、とにかく志賀喜八郎という男に会わなければならない。

何だか振りまわされている気がするが、とにかく今度は深川に行かなければならない。

それにしても午前《ひる》から歩きづめである。深川は近いようで遠い。それに日は大きく西に傾いている。深川に着く頃には日が暮れているだろう。

（とにかく行くか……）

伝次郎は自分に言い聞かせて久保町を去った。しかし、兼房町の外れまで来て茶屋に立ち寄った。小休である。

条吉はいま頃どこにいるだろうかと、茶を飲みながらふと思った。と、そのとき近くの大名屋敷に目がいった。

新発田藩溝口家の上屋敷である。国は越後だ。

（越後……）

胸中でつぶやき、鴨井十右衛門とおかよが越後の出であることを思いだした。そして、鴨井の請け人だった津田屋吉三郎は元は侍だったという。

(もしや、津田屋も越後の出だったのではないか……)

ぼんやりそんなことを考えたとき、これから会おうとしている志賀喜八郎なる男の住所を、頭に思い浮かべた。

伝次郎は船頭をやっている時期、ずっと深川にいた。地理にはあかるい。志賀喜八郎の住まいは森下町だ。

(近くには……)

もう一度、溝口家上屋敷に目を向けて、はっとなった。森下町の近くには、溝口家の下屋敷がある。

(どういうことだ)

ただの偶然かもしれないが、妙な引っかかりを覚える。

深川に行く前に、溝口家を訪ねたほうがよいかどうか思案する。しかし、相手は大名家である。鴨井十右衛門と溝口家の家老・佐治平兵衛につながりがあるとしても、不用意に訪ねるのは控えなければならない。

(どうするか……)

自問して出した答えは、まずは深川へ行って志賀喜八郎なる男に会うことだった。

伝次郎は代金を床几《しょうぎ》に置いて、茶屋をあとにした。

「旦那」

声をかけられたのは、新両替町の自身番の近くまで来たときだった。声の主は粂吉で、すたすたと歩み寄ってきた。

「旦那を捜していたんです」

粂吉は目を輝かせていた。

「何かあったか」

「へえ、鴨井を見たという者が何人もいるんです」

「なに」

「もっとも、今日じゃありません。鴨井が吉村屋に雇われていたときのことです。やつは昼間は用がないんで、ちょいちょい外出をしていたらしいんですが、汐留橋《しおどめ》に近い木挽町七丁目あたりをうろついていたというんです。で、そっちのほうに探りを入れてみると、よく立ち寄っていた茶屋の小女に、人を捜していると言ったそうで……」

「人を？　その相手は？」

「よくわからねえんですが、その小女が言うには、伯耆守《ほうきのかみ》様の屋敷から人が出てくるたびに、腰を上げたり、じっと見ていたといいやす」

「伯耆守……」

「新発田藩溝口家の殿様です。あの近くには中屋敷があります」

伝次郎は片眉を大きく動かした。また、溝口家である。

（いったいどういうことだ）

伝次郎は暮れなずんでいる通りをぼんやり眺めた。家路を急いでいるらしく、行き交う人々の足が速くなっていた。店仕舞いの準備をはじめている商家もあった。

「他にわかったことは？」

「いまんとこはありませんが、人相書をばらまくように配ったんで、そのうち引っかかりはあると思うんです」

「条吉、深川に行く。ついてこい」

「深川……」

「話はあとだ」

七

亀島橋から自分の猪牙舟《ちょきぶね》を出した伝次郎は、日本橋川を横切り、箱崎川《はこざき》から三《み》つ叉《また》を経て大川《おおかわ》に乗り出していた。舟提灯《ふなぢょうちん》のあかりが、ゆったりうねる水面に映り、粂吉の顔をうっすらと染めていた。

伝次郎は使っていた棹《さお》を櫓《ろ》に持ち替えて、漕ぎつづけている。腕を動かすたびに、櫓べそがぎぃぎぃと軋《きし》む音を立てる。

川には夏場よく見られる屋形船も屋根船の姿もなかった。上流を横切る渡し舟と、数艘《そう》の猪牙舟が黒い影になっている。舟とわかるのは舟提灯をつけているからだ。

「するってェと、鴨井とおかよはつるんでいたってことですか」

伝次郎から大まかな話を聞いた粂吉が、波の音に負けない声で言う。

「それだけではない。二人は越後の出で、他にも仲間がいるようだ」

「鴨井の長屋の請け人ですね。そいつァ元侍だったんですね。しかし、その野郎もどっかに行っちまってるし、鴨井もおかよも行方知れずか……」

「おれは、やつらには何か企みがあるのではないかと思う。それがなんであるかわからぬが……ひょっとすると……」

「なんです？」

粂吉は櫓を漕ぎつづけている伝次郎に顔を向ける。

「鴨井を吉村屋に紹介したのは、佐治平兵衛という溝口家の家老だった。そして、その鴨井は溝口家の誰かを捜している節がある。鴨井は溝口家の誰かに遺恨《いこん》を持っているのかもしれぬ」

「だったら、吉村屋で殺しをすることはないでしょう。それに金まで盗んでいやがんです」

「解《げ》せぬのはそこだ。だが、少なからず溝口家となんらかの関わりがあるはずだ」

「そうなると旦那、厄介ですぜ。相手が大名家なら手出しできねえじゃないですか」

「厄介であろうが、鴨井とおかよが、吉村屋で人を殺して金を盗んだという疑いを捨てることはできぬ」

「たしかに……」

伝次郎は深川の町屋のあかりを眺めた。どれも夜商いの店のあかりだ。まるで蛍のように、点々と浮かんで見える。

数年過ごした深川が近づくと、何だか説明のつかぬ郷愁を感じた。それだけ親しみ深い町だったということかもしれないが、つい先日まで住み暮らしていた土地である。

(妙なものだ)

伝次郎は苦笑を浮かべて、櫓を漕ぎつづけた。

小名木川《おなぎ》から六間堀《ろっけん》に猪牙舟を進めると、北之橋《きたのはし》のそばで河岸道に上がった。

すでに闇は濃くなっている。雲が多いのか、星はまばらにしか見えなかった。

深川森下町と一口に言っても、かなり広い町である。上森下町・森下町南組・森下町北組と、大きく三つの地域に分かれている。

伝次郎は弥勒寺橋《みろくじ》に近い自身番で、志賀喜八郎なる男のことを聞いた。

だが、詰めている書役は、この町は地借り店借りを合わせると八百軒ほどだから、町名主を訪ねたほうが手っ取り早いと言った。

伝次郎と粂吉はそのまま町名主を訪ねた。調べに手間取りはしたが、たしかに志賀喜八郎という男が住んでいることがわかった。長屋ではなく、借家住まいだ。

「その志賀殿の請け人は誰になっている」

伝次郎は今日の経験を踏まえて聞いた。

「……本所松坂町《まつざかちょう》一丁目の大里《おおさと》誠四郎様です。中山《なかやま》道場とありますので、師範か道場主なんでしょう」

町名主は出入人別帳を見てから教えてくれた。

「それで志賀の出自《しゅつじ》などはわかるか」

「ご覧になってください」

町名主は帳面ごと、伝次郎にわたした。

志賀喜八郎は、年齢三十三歳。神田《かんだ》の生まれだった。仕事は書かれておらず、御家人と記してある。無役の幕臣かもしれない。

そうならまた面倒である。だが、訪ねないわけにはいかない。

志賀喜八郎が借りている一軒家は、五間堀《ごけん》に架かる伊予《いよ》橋のそばにあった。表札の類いなどないので、この家だろうと見当をつけて、伝次郎は戸口で声をかけた。

「どなたで」

戸口の向こうから声があった。

「南町奉行所の沢村伝次郎と申す。訊ねたい儀があるので、開けてもらえませぬか」

伝次郎は丁寧に言った。筒井に呼び出されてからというもの、以前より使い慣れていた武士言葉を使っている。

「どんなことでしょう」

戸が引き開けられて、男が顔を見せた。背が高く額の広い男だった。だが、年は二十代と思われた。志賀は三十三歳のはずだ。

「志賀喜八郎殿でござるか」

伝次郎は相手の目を凝視する。

「志賀さんは留守です。拙者は留守を預かっている者です。志賀さんに何かご用で？」

伝次郎は相手の目が警戒しているのが気になった。その肩越しに家の奥に視線を走らせたが、他に人のいる気配はない。

「志賀殿に聞きたいことがあったのだが、お帰りはいつごろであろうか」

「……今夜は帰らないと思います。忙しい人ですから」

相手は思案する目をして答える。なぜ、この男は警戒するのだと、伝次郎は訝《いぶか》る。

「貴殿の名は？」

「……藤倉《ふじくら》隆之助と申しますが、いったい志賀さんに何をお訊ねになりたいのです？」

「兼房町に津田屋という薪炭屋があります。吉三郎なる男がやっていた店ですが、志賀さんはその薪炭屋の請け人になっておられる」

「さようなことは、拙者ではわかりかねます」

藤倉は戸口からなかに入れようとはしない。

「では出直すしかありませんな」

「ご足労《そくろう》でございますな」

伝次郎はそのまま去る素振りを見せて、すぐに言葉を足した。

「藤倉殿は、鴨井十右衛門という男をご存じありませんか」

聞いたとたん、藤倉にわずかな表情の変化があった。伝次郎はこの男だと、懐から人相書を取り出して見せた。

藤倉は一瞥《いちべつ》しただけで、伝次郎に顔を向けた。

「知りませんな。この男、いったい何をやらかしたのです」

「人を殺し、金を盗んだ疑いがあります」

藤倉は一瞬、目をみはった。

「そうですか、ご存じありませんか」

伝次郎は人相書を返してもらうと、そのまま懐にしまった。

「怖ろしいことをする者がいるのですな」

「まったくでございまする。いや、夜分に失礼しました。明日にでもまた出直すことにいたします」

そのまま伝次郎は志賀の家を離れた。

「どう思う」

しばらく歩いたところで、伝次郎は粂吉に聞いた。

「何かあやしいです。隠しごとがあるような顔でした」

「おまえもそう思うか」

冷たくなってきた夜風に頰をねぶられる伝次郎は、吉村屋の一件に、何やら得体の知れない黒い企みがあるような気がした。

第四章　目撃

一

藤倉隆之助は、沢村伝次郎という町奉行所の役人が立ち去ったあとも、しばらく戸口から動かなかった。足音が聞こえなくなり、その気配がなくなっても、戸の前に立ち尽くしていた。

ようやく戸に心張り棒をかって、居間に上がったのは、ずいぶんたってからである。

沢村という町方は、鴨井十右衛門に殺しと盗みの疑いがあるといった。

(まことか……)

もし、それがほんとうであれば、由々しきことだ。いや、町方に目をつけられれば面倒になるのではないか。

隆之助はすぐにでも志賀喜八郎に会わなければならないと思った。町方が訪ねてきたこと、そして鴨井十右衛門に殺しと盗みの疑いがかかっていることを、一刻も早く知らせなければならない。

しかし、志賀の行き先はわからない。帰りは遅くなるか、明日になると言われている。

「どうすればよいのだ」

焦りが言葉となって漏れたとき、戸口に人の立つ気配があった。隆之助は緊張して息を止め、戸口を見た。その戸がガタッと音を立てて揺れた。

「藤倉、おれだ」

声は志賀喜八郎だった。

「いま開けます」

隆之助は飛ぶように土間に下りて、戸を引き開けた。

「寝ていたのか」

「いえ、志賀さんに知らせなければならないことがあり、どうしようか考えていたのです。でも、早うございましたね」

「思いの外、早く片づいたのでな。それで、何かあったのか」

志賀は雪駄を脱いで居間に上がった。隆之助はあとを追って、志賀の前に座った。

「先ほど、つい小半刻ほど前でございますが、沢村という町方がやってきました」

「町方が……」

志賀は眉宇をひそめた。切れ長の目が糸のように細くなる。

「はい、鴨井さんを捜しているのです。殺しと金を盗んだ疑いだと言っていました。もし、ほんとうであれば面倒なことになりはしませんか」

「鴨井が殺しと盗みを……町方がそう言ったのか」

「はい。人相書も見せてもらいました」

「人相書を……」

志賀は渋い顔をして、短く宙の一点を見据えてから、

「鴨井に会ってきたばかりだが、そんなことは何も言わなかった。だが、あやつ、金を持っていた。いかような金だと聞くと、うまく工面したと言ったのだが……だ

が、その町方はどうやってこの家を見つけたのだ」

最後の言葉は独り言のようでもあった。

「おそらく津田さんの店を調べたのでしょう。あの店の請け人は志賀さんだったのではありませんか」

「そういうことか……」

志賀は下唇を噛んで、顎をさすった。

「町方はまた明日にでも出直すと言いましたが……」

「まずいことになったな」

志賀はまた短く考えて、隆之助をまっすぐ見た。

「沢村という町方は、殺しと盗みを調べているのだから同心であろうな」

「おそらく。いかがされます。あの同心は、また明日来るかもしれません」

「会うわけにはいかぬ。この家を出るしかなかろう。隆之助、荷物をまとめろ」

「どこへ行くのです」

「庄助《しょうすけ》の店に移る。その前に十右衛門《えもん》に会わなければならぬ」

志賀はそう言うなり衣紋掛けの羽織を剝《は》ぐように取り、未使用の雪駄と帯、下帯などを風呂敷に包みはじめた。

隆之助もならって自分の持ち物をまとめにかかった。荷物は少ないので、支度はすぐに終わった。

「文などは残しておらぬだろうな」

土間に下りた志賀が振り返った。

「書簡はすべて燃やしています。ご心配には及びません」

「では、まいろう。提灯を持て」

隆之助と志賀はそのまま表に出た。


そこは深川石島町《いしじまちよう》の外れにある小さな家だった。

鴨井十右衛門とおかよは、吉村屋から逃げたあとずっとそこで、ひそみ暮らしていた。

「志賀さんは気をまわしすぎですわ。それに、何かとうるさくありませんか……」

おかよは、鴨井に寄りかかりながら酌をした。

「気をまわさずにおれぬからだ。覚悟の日までもう幾日もない」

「そのことです」

おかよは体を離して、十右衛門を見つめる。

「なんだ」

「あの金です。どうして正直に言わなかったのです」

「馬鹿、そんなことが言えるか」

「嘘はいつまでも通用しませんよ。うまく工面したと言っても、他のお仲間がしつこく聞くのはわかっているでしょうに」

「おまえが金のことを口にしたからだ。まったく軽々しく……」

鴨井は、太股をさすっているおかよの手を払いのけた。

「みんなのためを思ったからですよ。食うや食わずで大事なことはできないでしょう。それに、首尾よくいったあとはどうするんです。まさか着の身着のまま、金もないのに逃げられやしないでしょう」

「よくしゃべるやつだ。言っておくが……」

鴨井はおかよをにらむように見た。

「何ですか」

「おれは、あの店で殺しなどするつもりはなかった。だが、おまえの口車に乗ってしまった」

「何をいまさら。金はないよりあったほうがいいと言ったのはどこの誰です。いまになってそんなことを言われるのは心外です」

おかよは蓮《はす》っ葉《ぱ》なもの言いをして、つんと顔をそらす。そうやって拗《す》ねてみせれば、男がなびくと考えているのだ。

だが、いまの鴨井は誤魔化されない。余計な殺しをしたのは本意ではなかった。あくまでもおかよに乗せられたからだと思っている。

(可愛い顔をして、怖ろしい女だ)

吉村屋から逃げて以来、そんなことを何度も思うようになった。だが、おかよはすぐに求めてくる。また鴨井も若いのでそれに応じてしまう。この先長くないと思えばこそ、おかよの魅力ある体に溺れたいという欲は捨てられない。

「拗ねていろ」

「わたしだけを悪者にしないでおくれましよ」

おかよは言葉を返して、また頬をふくらませた。

「鴨井、開けてくれ」

突然、戸口に声があった。声ですぐに志賀喜八郎だとわかる。さっき帰ったばかりなのに、何だろうと思った。

「いま開けます」

おかよが戸口に行って戸を引き開けると、志賀は憤然とした顔ですぐ居間に上がり込んできた。

「きさま、何をやった！」

志賀はそう言うなり、拳骨《げんこつ》で殴りつけてきた。

頬桁《ほおげた》を殴られた鴨井は、そのまま横に倒れた。志賀はすぐに鴨井の襟をつかんで引き寄せる。

「何をするんです！」

おかよが志賀の腕をつかんだが、志賀はそれを払いのけて、

「鴨井、きさま誰を殺した。そのうえ金を盗んでいるだろう」

と、ぎらつく目でにらみ据えた。

抗《あらが》おうとした鴨井は、凝然《ぎょうぜん》とした目で志賀を見た。

「この大事なときにどういうことだ。金をうまく工面したと言ったが、盗んだのであろう。きさまの人相書を持った町方が来たのだ」

「なんですと……」

「おれの留守の間に沢村という町方が来たのだ」

「さようです」

あとから入ってきた藤倉隆之助だった。

「まったく愚かなことをしてくれたものだ」

志賀は鴨井を突き放した。

「どういうわけでそういうことをしたか話せ。そのうえで、これから打つ手を考えなければならぬ」

志賀はどっかり胡座をかくと、さあ話せと迫った。

二

川霧の漂うなか猪牙舟を大川から竪川《たてかわ》に乗り入れた。

低く垂れ込めている雲の間から、数条の日の光が町屋に射していた。伝次郎は竪川に入ってすぐの相生町《あいおいちょう》河岸の外れで猪牙舟をつないだ。

襷《たすき》を外し、足半《あしなか》から雪駄に履き替えて河岸道に上がった。もう霧は薄くなっている。

時刻は五つ（午前八時）を過ぎたばかりだが、河岸道に並ぶ商家は仕事に取りかかっている。道具箱を担いだ職人も仕事場に急いでいた。

本所相生町一丁目と二丁目の間に挟まれた道に曲がると、魚屋の棒手振《ぼてふり》と納豆売りとすれ違った。

中山道場はそれからすぐの本所松坂町一丁目にあった。道場にしては目立たない小さな造りだ。すでに玄関は開いており、二人の若い門弟が床に雑巾がけをしていた。

声をかけると二人が同時に振り返った。

「南御番所の沢村と申す。こちらに大里誠四郎という方がおられると思うが、存じておろうか」

若い門弟は互いに顔を見合わせ、

「しばしお待ちください」

と、にきび面の門弟が道場脇にある母屋《おもや》に行った。

伝次郎は玄関に立ったまま道場内を眺めた。正面に小さな見所があり、武者窓から鳥の声が聞こえてくる。壁に門弟の名札が掛かっており、見所の背後に武芸者を描いた一幅《いっぷく》の軸が飾ってあった。

「あの絵は？」

伝次郎が興味を持って、残っている門弟に訊ねると、

「伊藤一刀斎《いとういっとうさい》とおっしゃる方です」

と答えた。

「ほう。すると、当道場は一刀流であるか……」

伝次郎も一刀流を会得している。伊藤一刀斎は、その創始者である。時代を経て、一刀流からはいろんな流派が生まれている。小野派一刀流、中西《なかにし》派一刀流、北辰《ほくしん》一刀流などもその一つだ。

「沢村様、こちらへどうぞ」

さっきの若い門弟が戻ってきて案内に立った。道場の横に師範の家があり、伝次

郎は小座敷に通された。

目の前にあらわれたのは小柄な老人だった。

「当道場の中山権兵衛《ごんべえ》と申しますが、大里のことでお訊ねになりたいことがあるとか」

権兵衛はすでに六十半ばであろうか、髷は薄くなっており、顔のしわが深い。それでも道場主らしく、姿勢はよく、眼光に力があった。

「お手間は取らせません。できれば大里殿に会って話を伺いたいのですが、まだいらしてませんか」

「はて、それは困った。大里は二年前に死んでおります」

「え……」

「はい、肺を患《わずら》って療養の甲斐もなく死んでしまいました。して、大里にいったいいかような御用がおありなのでしょう。御番所の方の訪問。ただごとではないでしょう」

「じつは森下町に志賀喜八郎なる侍が住んでいるのですが、その志賀殿の家の請け人が大里殿なのです。もしや、中山殿は志賀を知っておられるのでは」

「わたしは存じませんが、それは面妖《めんよう》ですな」

さっきの若い門弟が茶を運んできて、すぐに下がった。

伝次郎は湯気の立つ茶を短く見つめた。大里が死んでいれば、志賀喜八郎は店請状に偽りの工作をしたということだ。もっとも、店請状は当事者が立ち会わないかぎりいくらでも偽造できる。

しかし、志賀喜八郎は大里誠四郎を知っているはずだ。死人をわざと店請状に書いたのは何か思惑があってのことだろう。

「では、大里殿から、志賀喜八郎なる男の話をお聞きになったことはありませんか」

「ありませんな。しかし、いったい何をお調べなのですか」

もっともな疑問だ。伝次郎は吉村屋の一件と、疑いのある鴨井十右衛門を追っているうちに大里誠四郎に辿りついたと話した。

「それはまた極悪非道なことを……。しかし、大里はそんな悪さをする男ではありませんでした。武芸に熱心な男で、門弟らも大里をよく慕っておりました。まだ、四十五という年だったのですが、いまもって残念でなりませぬ。いずれは国に戻って道場を開きたいと言っておったのですが……」

「大里殿の国はどちらなのです？」

「越後です。新発田というところから、当道場にやってきたのは三十のときでした。妻と子を国に残したままでしたから、年に一度は帰っておりましたが……」

中山はそこで茶を含んだ。その様子を見ている伝次郎は、大里が越後新発田の出だと聞いて、まただ、と思った。

鴨井もおかよも、そして志賀喜八郎の請け人も新発田出身。こうなると、津田屋吉三郎も新発田の出と考えてよいかもしれない。

「もう一つお訊ねしますが、拙者が追っている鴨井十右衛門について、何か心あたりはありませんか」

「いいえ。先ほど初めて聞いた名です」

もはや中山に聞くことはなかった。道場をあとにすると、昨夜訪ねたばかりの志賀喜八郎の家に向かった。

さっきまで空は曇っていたが、次第に晴れ間が広がっていた。

伝次郎は二《ふた》ツ目之橋《めのはし》をわたった。

大里は死んでいるので、何も聞くことはできない。妻子も新発田にいるというから、会いに行くこともできない。

森下町にある志賀の家の前に来ると、玄関の前でおとないの声をかけた。だが、返事はない。もう一度戸をたたいて声をかけたが、やはり応答はなかった。ためしに戸に手をかけると、するすると開く。ごめんと声をかけて、家のなかに探る目を向けた。履物がない。敷居をまたいで土間に入り、座敷を見た。がらんとしている。

(妙だな)

伝次郎は足を進めて、家のなかの様子を見た。台所に調度の品はあるが、さほどの数ではない。履物もそうだが、着物も見られない。衣紋掛けがあるだけだ。

奥の間にある柳行李《やなぎごうり》を開けてみると、何も入っていなかった。肌襦袢《じゅばん》も帯も、足袋《たび》一足さえなかった。

(しまった)

伝次郎は歯噛みをした。昨夜、見張っておけばよかったと後悔したのだが、もはやどうにもならぬ。

だが、この家の住人、志賀喜八郎と留守を預かっていた藤倉隆之助という男は、鴨井十右衛門となんらかの関係があるはずだ。そうでなければ、夜逃げ同然で家を払うはずがない。

伝次郎は舌打ちをすると、そのまま志賀の家を出た。

三

鴨井十右衛門は壁に寄りかかり、片膝を立てていた。おかよがすぐ横にいる。そして、同じ部屋に藤倉隆之助がいた。

その日の朝、鴨井とおかよはそれまでいた石島町の家から移ってきた。

「志賀さんと津田さんは、何をしているんだ。こんな店に連れてきて」

鴨井は隆之助をにらむように見た。昨夜、志賀から散々説教をされて気分がすぐれなかった。たしかに自分の落ち度であるが、それでも癪《しゃく》にさわる。

(金はないよりあったほうがいいのだ)

と思いもする。もっとも、この先その金を使えるかどうかはわからないが。

「津田さんを呼びにいっています。じき戻ってこられるでしょう」

「この店は大丈夫なのか」

「津田さんの息のかかった店です。店の亭主も身共《みども》らと同じ新発田の出です。なんでも金魚売りからはじめて、この店を出したという苦労人です」

鴨井たちがいるのは、深川一色町《いっしきちょう》にある川北屋《かわきた》という瀬戸物屋だった。

「あの亭主も新発田の出か」

庄助という亭主はさっき挨拶に来て、ゆっくりしてくれと言っただけで下がった。

「新田村の生まれだそうです」

「では、志賀さんと同じ村だな。なるほどそういうことか」

納得する鴨井は中之島《なかのしま》村の出だった。津田も隆之助も同じ村だった。新田村も中之島村も城下の外れにある寒村だった。

「それにしても、こうも転々と家移りしなければならぬとはな……」

鴨井はあきれたように言って、煙草盆を引き寄せた。そのとき、階段に足音がして、すぐに志賀喜八郎と津田吉三郎が部屋にやってきた。

「十右衛門、聞いたが、とんでもないことをしてくれたな」

津田は部屋に入ってくるなり、鴨井をにらんだ。

「町方に追われているというではないか。この大事なときに、不始末をしでかしおって。聞いてあきれたわい」

鴨井はうつむいて横目でおかよを見る。この女のせいだと思っても、口にはできない。さらに津田は言葉を足した。

「おまえはしばらくこの店から出るな。おかよ、そなたもだ。人相書が作られているということは、ほうぼうに目があるということだ。わかったな」

鴨井が悄《しょ》げたようにうなずくと、

「ずっとここにいるのですか」

と、おかよが聞く。

「おそらく明後日までだ」

鴨井はさっと顔を上げて津田を見た。ここにいる仲間の頭役《かしらやく》で、馬面のギョロ目だ。津田はその目を動かして、隆之助と志賀を見て言葉をついだ。

「明後日、若様と酒井主馬が下屋敷に行くことが決まった。ようやく二人が顔を揃える日が来たというわけだ。つまり、おれたちの大事な役目は明後日に終わる」

津田の言う若様とは、新発田藩十代目藩主・溝口直諒の世嗣・直溥のことだ。

「供連れは？」

聞いたのは志賀だった。

「供は多くはないだろう。だが、おれたちが狙うのはあくまでも二人だけだ。むろん、供の家来が邪魔立てするなら容赦はせぬ。その心づもりでいてもらう」

「仔細《しさい》はいつわかりますか」

緊張の面持ちで聞くのは志賀である。むろん鴨井も隆之助も、表情を硬くしていた。いよいよ来るときが来たのだ。

「詳しいことは今日か明日、はっきりさせる。わかったら、それぞれの役分を割りあて、申し合わせどおりに動く」

「申し合わせは明日ということでしょうか」

「仔細がわかればその前にやる」

「明後日までここに……」

「店が迷惑しなければ、そう願いたい」

「二、三日なら庄助にも迷惑はかからないでしょう。それにあの男は拙者と同じ村の出、文句は言いませぬ」

志賀は庄助にうまく話をしているのだろう。

「明後日のことを話したりはしておらぬだろうな」

「まさか、そんなことは」

志賀は話すわけがないという顔で、首を振った。

「津田様、それで首尾よくいったあとはどうされるのです」

おかよだった。鴨井は余計なことを言うのではないかと、内心で心配する。

だが、津田は口の端にかすかな笑みを浮かべて答えた。

「そなたの心配することではない。ここにいる者たちは、みな肚をくっておる。討ち死に覚悟で本懐を遂げる」

とたん、おかよは顔をこわばらせた。

「生き長らえようとは思っておらぬ」

「でも、わたしは……」

「そなたに死ねとは言わぬ。女としてのはたらきをしてもらうだけだ。もっとも、吉村屋に入り込んだときにはあきれもしたが、これからは勝手な真似はさせぬ。わかったな」

津田は諭《さと》すように言ったあとで、鴨井を見て、

「十右衛門、さようなことだ」

と、付け加えた。鴨井は黙ってうなずく。

するとまたおかよが狼狽《うろた》え顔で津田に問うた。

「で、わたしは何をすればよいのです」

「いまは、それを話すときではない。慌てずにときがくるのを待つのみだ。それも
あと二日だ」

「津田様、もしうまくいって生きのびられるようなら、どうされるおつもりで
……」

津田はふふっと、小さな笑いを漏らした。

「藩主のご世嗣と江戸家老を討って、そのまま生きるつもりなどない。二人の命は
我らの命と引き替えだ。そのつもりでことに臨むのだ。だが、そなたは女。無闇に
命を落とすことはないだろう。役目を果たしたら、そのまま江戸を離れろ」

「で、でも……」

おかよは戸惑い顔で鴨井を見た。

「津田さんのおっしゃるとおりだ」

鴨井の言葉に、おかよは暗然と目をみはった。

四

「粂吉は来ておらぬか」

伝次郎は新両替町一丁目の自身番に入るなり、詰めている書役に聞いた。

「さっき顔を見せたあと、吉村屋に行かれました」

「何かあったのかな」

「さあ、それは。でも旦那、今日はどうなさったので？」

書役がまじまじとした目を向けてくるのは、伝次郎がいつもと違う着流しに黒紋付きの羽織姿だからだ。深川から帰ってきたあと、一度家に立ち寄り着替えたのだ。

「大名家を訪ねる用があってな。粂吉は吉村屋にいるのだな」

そのはずです、という書役の言葉を聞き流して、伝次郎は吉村屋に向かった。

歩きながら不可解なことが多いと内心でつぶやく。

吉村屋は大戸を閉めたままだった。当然、暖簾も掛かっていない。しかし、脇の潜り戸は開いていた。

「ごめん、邪魔をする」

伝次郎が店のなかに入ると、帳場前の上がり框《かまち》に座っていた粂吉が顔を向けてきた。

「旦那」

「何かあったのか」

伝次郎は帳場に座っている吉村屋の倅・嘉市にも顔を向けた。

「鴨井十右衛門を見たという手代がいたんです」

伝次郎はカッと目をみはった。

「いつのことだ」

「ずっと前のことなんですが、兼房町の薪炭屋に鴨井が出入りしていたと言います。手代は一度だけでなく、何度かその薪炭屋にいる鴨井を見ています」

「おそらく津田屋という店だろう。だが、もうその店はない。その津田屋と鴨井はつながっていたのだ。鴨井が以前住んでいた下谷山崎町の長屋の請け人が津田屋の主・吉三郎だった。そして、その吉三郎も鴨井と同じ越後新発田の出のようだ」

「では、津田屋と鴨井はつるんで、うちの店を襲ったんでございますか」

嘉市が目をまるくして見てくる。

店のなかは薄暗いので、色白の顔が浮き立っている。

「それはわからぬ」

「鴨井とおかよは、まだ見つかりませんか……」

「まだだが、必死に捜している。それで、あの二人について他にわかったことや気になることはないか」

伝次郎はまっすぐ嘉市を見た。

「店の者にもあれこれ聞いてはいるんですが、あの二人が通じあっていたことに気づいた者は誰もいませんで、してやられたと悔しい思いをするだけです。通夜や葬儀に追われているときは感じなかったのですが、野辺送りが終わったあとで、悲しさが込みあげてまいりました。あまりにもひどい、あまりにもむごいことです。うちの両親もそうですが、殺された奉公人たちはみないい人ばかりでした。悪いこともしていなければ、人から恨まれるようことも、何一つしていないのです。災難とか思いもよらぬ不幸というのでは、片づけられません。もし、目の前にあの二人がいるなら、包丁で突き殺してやりたい。同じような目に遭わせて殺したい。悔しくて、悲しくて……」

嘉市は両膝を強くつかみ、ぽろぽろと涙をこぼした。

「気持ちはよくわかる。何としてでも下手人は捜し出す。それがおれの役目だし、殺された者たちのためでもある」

「お願いします。必ず、必ず捜して八つ裂きにしてくださいませ」

嘉市は両手をついて、涙ながらに訴えた。

「その思いに応えられるように努めよう」

伝次郎にいま言えるのはそれだけである。

「粂吉」

伝次郎は粂吉を表にうながした。

「何かあったんで……」

「昨夜訪ねた志賀喜八郎だが、逃げた。留守を預かっていた藤倉隆之助の姿もない」

「どういうことで……？」

条吉は日に焼けた広い額にしわを寄せた。

「おそらく志賀も昨夜会った藤倉も鴨井とつながっているのだろう。それに、志賀の請け人だった大里誠四郎はすでに死んでいた」

「え、それじゃ……」

「死人を請け人にしていたということだ。しかし、志賀は大里を少なからず知っていたはずだ。大里も越後新発田の出だった」

「鴨井もおかよもそうですよ」

「おそらくみんな越後新発田の出だろう。おれはこれから溝口家を訪ねる」

「佐治平兵衛というご家老は江戸にいないのでは……」

「佐治様のことをよく知っている人から話を聞く。何かわかるかもしれぬ」

「それで黒紋付きに」

条吉は伝次郎の姿をあらためて見た。

「連絡場《つなぎ》はこの町の自身番にする。おまえは引きつづき、鴨井とおかよの足取りを追ってくれ」

「承知しやした。でも……」

条吉が頬をゆるめて見てくる。

「なんだ?」

「いえ、昔の旦那に戻られましたね。いえ、いまの旦那は何ていうんですか、前よりずっといい気がしやす。あっしは何だか嬉しくって……」

「何を言いやがる。では」

伝次郎はさっと身をひるがえして、溝口家上屋敷に足を向けた。

(ふん、昔の旦那に戻ったか……)

歩きながらたったいま条吉に言われたことを思い出して、苦笑した。

(戻ったのは形だけだろうが、おれはやれるだけのことはやる)

自分にそう言い聞かせる伝次郎だが、やはりおれには同心の血が流れているのだなと思わずにはいられない。

五

新発田藩溝口家上屋敷の表門で、おとないの声を張ること三度。鉄鋲《てつびょう》の打たれた表門の脇にある潜り戸から門番が顔を出した。

「南町奉行所の沢村伝次郎と申す。ご家老の佐治平兵衛様に伺いたいことがあるが、ご家老は国許に帰参されていると聞いている。よって佐治様とご昵懇《じっこん》の方に会いたいのだが、取り次いでもらえないだろうか」

「いったいどのようなご用件でございまするか」

「吉村屋という小間物屋で殺しがあった。それだけでなく金も盗まれている。その疑いのある者を吉村屋に紹介したのが、佐治様だったのだ」

門番は急に顔をこわばらせた。

「しばしお待ちくだされ」

伝次郎は門前でそのまま待った。空を舞う鳶が甲高い声を降らしている。その空に漂う雲が、ゆっくりと西から東に流れていた。

「お入りください」

門番が戻って来て、伝次郎を屋敷内に入れた。

塀沿いに家中の侍が住む長屋が建ち並び、正面に屋敷御殿があった。多くの家臣が国許に戻っているので、屋敷自体にひっそりした印象がある。

砂利敷きの庭で、数人の勤番が立ち話をしているぐらいだった。

玄関に入ると、再び式台の前で待たされた。式台の上には二人の侍が並んで座っていた。伝次郎に奇異の目を向けてくるが、黙したままだ。

しばらくして奥の廊下から一人の男があらわれた。

「沢村様でございますな。どうぞこちらへ」

相手はひそめたような声で言って、玄関に近い小座敷に案内した。

「拙者は佐治様の家来で秋吉圭一郎《あきよしけいいちろう》と申します。取次の門番から聞きましたが、何やら大変なことが出来《しゅったい》した様子」

秋吉は静かな目で見てくる。声もひそめている感がある。年は三十半ばだろうか、聡明《そうめい》な顔つきだ。

「まず申しておきますが、それがしは決してご当家に迷惑をかけるつもりなどございませぬ。ただ、市中の商家で起きた殺しと、盗みの一件を調べているだけでございます」

伝次郎は相手を安心させるために、まずはそう言った。

「しかし、お訊ねの儀には、佐治様の名が……」

「佐治様にもご迷惑をかけるつもりはございませぬ。ただ……」

「お待ちを。その商家で起きた殺しと盗みのことを、まずは教えていただけませぬか」

秋吉は手で制して、そう言った。

伝次郎は吉村屋で起きた事件のあらましをわかりやすく話した。その間、秋吉は静かに聞き入り、すべてを頭のなかで咀嚼《そしやく》しているようだった。

「すると、疑われている鴨井十右衛門なる男を佐治様が紹介したので、鴨井なる男がいかなる人物で、いかような経歴を持っているかを知りたいということでございましょうか」

「いかにもさようで」

「拙者の与《あずか》り知らぬ男だが、越後新発田の出であるなら、鴨井は佐治様とどこかで知り合ったのであろう。拙者にはそれしか言えませぬが……」

伝次郎は秋吉の目の動き、表情の変化を見逃すまいと目を凝らしながら言葉をついだ。

「では、このお屋敷の近く、兼房町にありました津田屋という薪炭屋をご存じではないでしょうか。主は吉三郎と申します。店はすでにどこかに移っているのですが……」

「薪炭屋の津田屋……見かけたことはあるかもしれませぬが、よくわかりませぬな」

「その津田屋の主・吉三郎が鴨井が住んでいた長屋の請け人だったのです」

秋吉は首をかしげただけだった。

「志賀喜八郎なる男の名に覚えはありませぬか」

秋吉の表情は変わらなかった。伝次郎はさらにつづけた。

「ならば、大里誠四郎という名には？」

初めて秋吉が変化を見せた。

「大里殿なら聞き知っております。かつて城下一の剣士だという評判がありました。

江戸へ修行に出たらしいですが、数年前に亡くなったとか……」

「それはどなたからお聞きになりました」

秋吉は寸の間考えてから答えた。

「ご家老からです。佐治様は武芸達者な方です。城下にある道場にも通っておられましたから、その折にでも知り合われたのかもしれませぬ」

「すると、鴨井とその仲間と思われる男たちは、大里殿の弟子、あるいは大里殿に師事していたのかもしれませぬな」

「拙者にはわからぬことです」

秋吉は明敏な男だ。受け答えに隙がなく、用心深い。佐治平兵衛という家老の腹《ふく》心《しん》かもしれない。

「解せぬことが一つあります」

「なんでござろうか」

秋吉は用心深い目を伝次郎に向ける。

「鴨井とその情婦と思われるおかよを追っているうちに、先ほど申しました津田屋吉三郎、志賀喜八郎はいずれも越後の出、しかも新発田の出ということがわかりました、鴨井もおかよもそうです。おそらく藤倉隆之助なる者も新発田の出だと思われます」

「たまたまそうなのでは……」

「偶然かもしれませんが、おかしなことに気づきました。津田屋という薪炭屋は、このお屋敷の近くにありました。そして吉村屋に雇われた鴨井は、度々《たびたび》溝口家中屋敷のそばで見られています。さらに、志賀喜八郎なる男の家は下屋敷のそばにありました」

秋吉の表情がこわばった。目つきにもかたさが出た。

「同じ新発田の出だから、殿様のお屋敷のそばに住んだのかもしれませんが、偶然すぎる気がするのです」

「それは沢村殿の勝手な推察ではございませんか」

「そうかもしれませぬ。しかし、鴨井は何故、ご家老の紹介で入った店であくどいことをしなければならなかったのか。親切を施したご家老の顔に泥を塗ったも同じです」

「たしかにさようなことになりますが、鴨井なる男の所業は、それがしにはわからぬことです」

「これは勘ですが……」

伝次郎はそう言って短い間を置いた。

屋敷内はいたって静かである。人の話し声も足音も聞こえてこない。ただ、伝次郎は錯覚かもしれないが、目の前に座る秋吉の胸の鼓動が聞こえてくる気がした。

「それがしが口にした男たちは、溝口家に対して何か企みがあるのかもしれません。あくまでも度の過ぎる推量ではありますが、鴨井はその仲間が動くために、吉村屋から金を盗んだ。そのために殺しも厭《いと》わなかった」

「ならば、わざわざ吉村屋に雇われなくてもよかったのではありませぬか。荒事をしての金稼ぎなら、顔と名前をさらさなくてすむはずです。おかよという情婦も同じ店に雇われていたとなれば、なおのこと」

やはり秋吉は鋭い。たしかにそうである。

「いかにもおっしゃるとおりでございます。いや、お忙しいところ、お手間を取らせて申しわけございませんでした」

伝次郎は頭を下げて辞去しようとしたが、すぐに上げかけた尻をおろした。

「拙者が口にしました男たちが、もし何かをたばかっているならご注意なさったほうがよいと思います」

「わざわざのご忠告痛み入ります。もし、何かわかり、沢村殿に伝えたいときにはいかがいたせばよろしいでしょうか」

伝次郎が辞去の挨拶をする前に、秋吉が聞いた。

「新両替町一丁目の番屋にお願いできますか」

伝次郎が答えると、秋吉は目顔《めがお》でうなずいた。

溝口家上屋敷を出た伝次郎は、面会したばかりの秋吉圭一郎の顔を脳裏に浮かべて歩いた。

(あの男、何か知っている)

そういう直感がはたらいていた。だが、溝口家にはこれ以上深入りはできない。

引きつづき鴨井十右衛門とおかよを捜す手掛かりを見つけるのみである。

六

鴨井十右衛門とおかよが、庄助の商う川北屋から深川熊井町《くまいちょう》にある空き店に移ったのは、その日の昼下がりだった。

津田が庄助に相談したところ、二、三日なら勝手の利く空き店があるといって、うまく都合してくれたのだった。

「何もないじゃない」

その家に入ったとたん、おかよが殺風景な部屋の様子を見てあきれ顔をした。

「それに湿っぽいし、かび臭いわ」

「贅沢《ぜいたく》は言わぬことだ。ちゃんと寝起きはできる」

部屋の隅に二対の夜具がたたまれていた。

鴨井はがらんとした部屋の中央にどっかりと座った。

「庄助の家から出られたのはよかった」

「どういうこと?」

おかよがそばに来て座った。

「おれにとって都合よくなったということだ」

「男同士のなかに女のわたしがいたのでは都合が悪いから、津田様が気を利かせてくださったのよ」

「おまえがいたのがよかったということだ」

「変なことを言うのね。それより、ことを遂げたらほんとうに腹を切る気なの？津田様はそんなことをおっしゃったわ」

「うまくいけば腹は切らぬ。だが、津田さんも志賀さんも藤倉もその気だ。おれは死のうとは思わぬ」

「信じてよいのですね」

おかよは真顔で身を乗り出してくる。

「ああ、死ぬのは勝手だ。だが、その前にどうなるかわからぬが……」

「わからないとは？」

おかよは顔をこわばらせる。

「よもや、しくじることはなかろうが、相手には多数の供連れがある。こっちは四人、多勢《たぜい》に無勢《ぶぜい》というやつだ」

「わたしを入れて五人です」

ふん、と鴨井は鼻で笑っておかよを見た。

「おまえは数のうちに入らぬ。それにおれたちの仲間だと、相手にも知れぬはずだ」

「わたしはあなたに死なれたら生きていけない。死んでほしくない。お願いだから死ぬことなど考えないで」

「おれとて死にたくはない。されど、これから先は半分の筋書きがあって、半分はないということだ。つまるところ、なるようにしかならぬ」

「心許ないことを……」

おかよは淋しげにうつむく。鴨井はそんなおかよから視線を外して、西にまわり込んだ薄い日の光を受ける障子窓を見た。

しおらしいことを言いながら、阿修羅《あしゅら》の心を持った女。それがおかよだ。鴨井はそんな女に惚れられた自分を、いまさらながら愚かしく思った。

だが、男を虜《とりこ》にするおかよの体を手放すのももったいない。あと二日、いや一日は楽しませてもらいたい。それが今生《こんじょう》の別れになるのかもしれないのだから、そう思えば悪い女ではない。

「ここに来たのはよかった」

ぽつんとつぶやくと、おかよが顔を向けて、

「さっきも同じようなことをおっしゃいましたけど、どういうこと？　わたしと二人だけになれるから……」

と、最後は媚《こ》びを売るような目をした。

「おれは仲間に迷惑をかけた。吉村屋で人を殺し、金を盗んだ。それがために御番所の調べが入り、おれとおまえの人相書を作られた」

「殺すつもりなどなかったのですよ。みんながわたしの作った生姜湯を飲んでくれなかったからではありませんか」

「いまさら何と言おうと、やってしまったのだ」

鴨井は少し声を荒らげて、おかよをにらむように見た。

「おまえが余計な考えを起こしたからだ。金はなくてもよかった。おまえは仲間のためにも、またこの先のことを考えれば金がいると言った。おれもそうだと思った。

だが、やり方がまずかった」

「わたしのことを怒っているのですか」

「穏やかではない。取り返しのつかぬことをやったのはたしかだ。そして、津田さんにも志賀さんにも散々絞られた。あれは間違いだった」

「責めるなら責めてください。わたしが至らなかったのですから」

鴨井はおかよをまっすぐ見た。本心でそう思っているのかと問いたくなったが、その言葉は喉元で呑み込んだ。

「おれは仲間のために償いをする」

鴨井はそう言うと、がらりと障子窓を開けた。隣の家の屋根越しに見える空に、うろこ雲が浮かんでいた。

「償いって……」

おかよが膝をすって寄ってくる。

「おれたちは御番所に手配りされている。だが、調べているのは同心一人のはずだ。沢村伝次郎という町方だというのもわかっている」

「何を考えているんですか」

「その町方を始末する。大事なときに邪魔をされたら困る」

鴨井はそう言って、おかよに顔を向けた。

「おまえのためでもある。その町方が消えれば、おまえは逃げやすい。そうではないか」

「本気でそんなことを……」

おかよはみはった目をしばたたいた。鴨井は暗にうなずいた。

「でも、どうやってその町方を捜すんです」

「考えはある」

鴨井は宙の一点を凝視してつぶやき、差料《さしりょう》をそばに引き寄せた。

七

粂吉が鴨井とおかよに似た二人を見たと言ってきたのは、その日の夕刻だった。

ちょうど伝次郎が連絡場にしている、新両替町の自身番に戻ってすぐのことだった。

「たしかに鴨井とおかよだったのか」

伝次郎は目を光らせて粂吉を見た。自身番に詰めている書役も番人も粂吉を見ている。

「あっしが見たんじゃありませんが、下っ引きの一人が似ていたと言うんです」

「場所は？」

「深川伊沢町《いざわちょう》です。堀に架かる坂田橋《さかたばし》を蛤町《はまぐりちょう》のほうにわたっていったそうで……」

「いつのことだ」

「八つ（午後二時）過ぎ頃だったらしいのですが……」

「これから行ってみるか」

「それから、二人には商人みたいな年寄りがついていたそうです」

「その年寄りのことはわかっているのか」

「探れと言っておきました」

「よし、とにかく行ってみよう」

伝次郎は、そのまま粂吉と自身番を飛び出した。

すでに西の端に浮かぶ雲が翳《かげ》りはじめている。

「おまえが教えた下っ引きには会えるか」

伝次郎は粂吉を見る。

下っ引きは町の岡っ引きの手先である。その商売は、行商人、あるいは商家の奉公人、あるいは占い師、曲芸師だったりとさまざまだ。しかし、岡っ引きはその下っ引きのことを公にはしない。ときに命を狙われるかもしれないからだ。

「その下っ引きを使っているのは、黒江町《くろえちょう》の仙蔵《せんぞう》という岡っ引きです。会って話をしてみます」

「頼む」

伝次郎は足を急がせた。八丁堀から霊巌島へわたり、永代橋《えいたいばし》を駆けるように急いだ。暗くなるにつれ風が冷たくなってきた。

深川に入ったときには、夕日に染まっていた雲が黒くなり、町屋の行灯にぽつぽつと、あかりが点されていった。

黒江町の岡っ引き・仙蔵は、伝次郎のことを知っていた。

「これは、沢村の旦那でしたか」

と、驚き顔をした。だが、伝次郎は覚えていない。それでも久しぶりだなと言ってやると、仙蔵は嬉しそうに笑い、

「まあ、旦那だからいいでしょう」

と言って、自分の使っている下っ引きと引き合わせてくれた。

鴨井とおかよを見たというのは、巳之吉《みのきち》という紙売りだった。二十代半ばの気弱そうな男だ。

「すれ違ったあとで、はっとなったんです。二人とも菅笠《すげがさ》を被っておりましたが、あっしはしゃがんで草鞋《わらじ》の紐を結び直していましたので、顔を見たんです」

「どこへ行ったかはわからぬのだな」

「それは……」

と、巳之吉は首をかしげた。

「年寄りの商人がいっしょだったらしいが……」

「はい、何だか二人を案内しているふうに見えました。どこかで見たような顔なので、深川の人間だとは思うんですが……」

「その年寄りを捜してくれ。仙蔵、おぬしも手を貸してやれ」

「へえ」

その頃、鴨井十右衛門は京橋の袂《たもと》で遊んでいた二人の子供に声をかけた。二人は柳の下で、七輪の炭火を熾《おこ》していたので近所の子だろう。

「番屋に行って何をするんですか」

火吹き竹を持った子供が聞く。

「沢村という町方の旦那が出入りしているかどうか、聞いて来てくればいい。駄賃をやるから、ひとっ走り行って来てくれぬか」

二人の子供は互いに顔を見合わせて、体の小さい子が立ち上がった。

「おいらが行ってくるよ。お侍さん、小遣いをくれるんだね」

鴨井はすぐに一朱をわたした。子供は目をまるくして、相好《そうごう》を崩し、すぐに駆け出そうとしたが、鴨井は引き留めた。

「待て待て、おれのことはないしょだ。言うんじゃないよ。おれは沢村の友達で、驚かしてやろうと思っているんだ。わかるだろ」

「うん、わかった。でも、番屋はすぐそこなのに」

「とにかく行って来てくれ」

子供は草履の音をパタパタさせて駆けていった。

「お侍さんも町方の人ですか」

火吹き竹を持った子供が聞いてくる。

「さようだ。どれ、それを貸せ。おれが熾してやろう」

鴨井は子供から火吹き竹を受け取って、勢いよく数回吹いた。炭はすぐ炎を上げ、子供の無邪気な顔を照らした。

「近くの子か？」

「すぐそこの長屋です。あいつはおいらの弟なんです」

子供はそう言って菅笠の陰にある鴨井の目を見た。

「仲がいいんだな」

「ときどき喧嘩します」

そんなことを話しているうちに、さっきの子供が戻ってきた。

「出入りしているって言われました」

「そうかい。だけど、おれのことは言わなかっただろうな」

「言わなかったよ」

「よし、ありがとうよ」

鴨井はそのまま自身番のほうへ歩いたが、前を素通りしただけだった。戸は開け放してあるので、なかの様子を窺《うかが》うことができるが、同心らしい男の姿はなかった。

横の小路に入ると、そのまま深川に引き返した。

(明日の朝、見張ればよい)

心中でつぶやく鴨井は、片頬に不敵な笑みを浮かべた。

第五章　金打《きんちょう》

一

「鴨井さんはどこへ？」

津田の使いでやってきた藤倉隆之助は、鴨井がいないことを知り、おかよを凝視した。

「近所でしょう。すぐに帰って来ますよ」

おかよはそう答えたが、嘘が感じられた。隆之助はがらんとしている居間に上がって、

「近所というのはどこだ？」

と、おかよに詰め寄った。

「なにさ、そんなおっかない顔をして、近所だからその辺に決まっています」

「津田さんから、この家から出てはならぬと釘を刺されているはずだ」

「日がな一日、こんな家に閉じこもっていれば、息苦しくなるじゃない」

おかよは蓮っ葉なものいいをして視線をそらした。

「あんたと鴨井さんの人相書が出まわっているのだ。注意を怠ったばかりに、し損じることになったらどうする」

「朝っぱらから説教など……」

おかよはやりきれないという顔をする。

隆之助はその顔を短くにらむように見て、窓を開けた。朝のあかるい光がさっと射し込んできた。

「寒いわ、閉めて」

隆之助は、おかよを振り返って窓を閉めた。

「鴨井さんが戻って来たら、川北屋にすぐ来るように言ってくれ」

「わかりましたよ」

そのまま隆之助は、鴨井とおかよの隠れ家になっている空《あ》き店を出た。

鴨井十右衛門は菅笠を目深《まぶか》に被ったまま、新両替町一丁目の茶屋にいた。床几に座ったまま茶を飲んでいるが、目ははす向かいにある自身番に向けられていた。

目の前の通りは日本橋からの目抜き通り（東海道）で、幅十間（約一八メートル）ほどある。まだ早い朝のうちだが、通りに軒をつらねる商家のほとんどは大戸を開け、暖簾を掛けている。

通りを行き交う人の数も徐々に増えていた。行商人、職人、侍、僧侶、旅人などといろいろである。

見張っている自身番に人の出入りは少ない。吉村屋にいたときは、気にもせず素通りしていた自身番だが、いまはそうではない。鴨井の神経はすべてその自身番に向けられていたが、歩いてくる侍の姿を見ると、じっと観察もした。

それは五つ（午前八時）の鐘音が空をわたってしばらくしてのことだった。若い番人が自身番を出ていくのと入れ替わるように、一人の男が自身番に入っていった。

股引に着物を尻端折《しりはしょ》りしているところから小者かもしれない。その男は上がり框に座って、詰めている町役と何やら話をしている。

様子を窺っていると、今度は背が高く、鼻梁《びりよう》の高い男があらわれた。自身番の前で立ち止まり、一度通りを眺めてから敷居をまたいだ。さっきの男がすっくと立ち上がって挨拶をする。

(やつか……)

鴨井は目を光らせた。町方の同心、それも吟味筋の探索をする廻り方なら見てすぐわかる。だが、小者が挨拶をした男は、町方同心特有の小銀杏《こいちよう》の髷ではない。羽織も無紋の地味なものだ。

(もしや隠密廻り……)

鴨井は心の臓を高鳴らせながら考えた。

町奉行所には、同心専属の掛《かかり》がある。そのなかに隠密廻りという同心がいるが、この掛は変装もすれば、町奉行所の支配地外にも出張《でば》ると聞いている。

だが、そんなことはいまは問題ではなかった。自身番にいるのが沢村伝次郎であるかどうかだ。そして、おそらくそうであろうと、鴨井は見当をつけた。

やがて沢村らしい男は、さっきの小者を連れて表に出てきた。よく日に焼けた精《せい》悍《かん》な顔つきだ。年は四十ぐらいだろうか。

その二人は自身番をあとにして、京橋のほうに向かった。鴨井は茶代を床几に置くと、あとを尾《つ》けるためにゆっくり立ち上がった。


「津田さん、まだ鴨井さんは戻っていません」

二度目の使いに行ってきた隆之助は、戻ってくるなりそう言った。

川北屋の狭い奥の間で待っていた津田は、カッと目を剝いた。そばにいる志賀も表情を厳しくした。

「おかよは知っているだろう。何と言っているのだ」

「それが近所に行ったと言うばかりで、はっきりした行き先を知らないのです」

「まさか、あの男、裏切ったのでは……」

志賀がつぶやきを漏らした。

「いや、十右衛門はそんな男ではない。かたい絆《きずな》で結ばれている同志だ。それにあれは一途な男」

津田はそこまで言って、「や」と声を漏らして、宙の一点を凝視した。

「もしや、あやつ……」

「なんです？」

志賀が顔を向けてくる。

「ひょっとすると沢村伝次郎という町方を斬りに行ったのかもしれぬ」

「まさか」

「いや、あの男ならやりかねぬ。おれたちが本懐を遂げるときに、町方が邪魔に入ってはことだ。おのれが人相書を作られ手配されているので、それを恐れたのかもしれぬ」

「もしそうなら、浅はかにもほどがある」

「昨日のおれの説教を気にしたのだろう。しかし、困ったな」

「どうします？」

志賀に聞かれた津田は、大きなギョロ目で畳の目を凝視し、黙り込んだあとで口を開いた。

「十右衛門は御番所のことをあらかた知っている。外廻りの同心がいかほどの数で、どんな動きをするか。おれが教えたこともあるが、あれこれ自分で学んでもいる。

ひょっとすると、吉村屋の近くの番屋を見張っているかもしれぬ」

「なぜ、番屋を?」

隆之助だった。

「探索方の同心は手先を動かす。そのときの連絡《つなぎ》に使うのが番屋だ。おまえたちはここで待て」

津田はそう言うなり、差料をつかんで立ち上がった。

「その番屋に行かれるので……」

志賀が顔を上げて聞く。

「たしかめてくる。隆之助、おまえはおかよの家に戻っておれ。もし、十右衛門が戻ってきたら、引き留めておくのだ」

津田はそのまま川北屋を出た。胸のうちが騒いでいた。せっかくここまで来たのに、十右衛門にわきまえのないことをされたら、いままでの辛抱が無駄になる。

(それにしても、あやつ……)

津田は内心で吐き捨てて足を急がせた。

二

伝次郎と粂吉は、堀川に架かる坂田橋の近くに立っていた。

近所で聞き込みをしたあとだ。下っ引きの巳之吉は、この橋をわたる鴨井とおかよを見ている。ただ似ていただけかもしれないが、伝次郎はこの近所に二人が隠れているのではないかと考えていた。

「また、通りますかね」

粂吉が手持ち無沙汰そうに聞く。そこに来て小半刻ほどたっているからだ。

「わからぬ」

「もう一度聞き込みしてみますか？」

伝次郎は「ふむ」と、応じただけでまた黙り込んだ。目の前の堀川は油堀に流れる支流である。水面が晩秋のあかるい日射しをはじきながら、さざ波を立てている。

伝次郎は橋の北に目をやった。橋をわたったその先は一色町《いっしきちょう》につながっている。

「粂吉、巳之吉が見た二人はどこから来たと思う」

「どこからって……」

　粂吉は目をまるくして首をひねる。

「なぜこの橋をわたったかだ。そして、その二人には商人のような男がついていた。そうであったな」

「さようで」

「その商人は何者だろう。二人を匿《かくま》っている、あるいは逃げる手助けをしているのか」

　伝次郎の問いかけとも独り言とも取れる言葉に、粂吉は答えられないでいる。

「吉村屋で殺しをしてまで金を盗んだんです。いつまでも江戸にいるのは腑《ふ》に落ちません。大概の悪党なら、ほとぼりが冷めるまで遠くへ逃げるはずです。それも面が割れている二人なら、なおさらじゃないでしょうか」

　伝次郎は粂吉を見た。

「おまえの言うとおりだろう。普通なら御番所の目を気にしなくてすむ場所に逃げるはずだ。それなのに、昨日見られている。吉村屋で悪事をはたらいて三日しかたっていないのに、この近くにいた。見つからないと高《たか》をくっているとは思えぬ」

「何か他にやることがあるんですかねえ」

条吉の何気ない一言に、伝次郎はそうかもしれないと思った。

「鴨井には仲間がいると考えていい。鴨井が以前住んでいた長屋の請け人・津田屋の吉三郎。その吉三郎は元は侍だったという。そして、吉三郎の請け人は志賀喜八郎だった。さらに、志賀の家の請け人は、大里誠四郎という中山道場の師範代だったが、すでに故人だった」

「それに、みんな越後新発田の出です。おかよもそうです」

「そうだ、みんな越後新発田でつながっている。さらに、おれとおまえが志賀を訪ねた翌日、その志賀も留守を預かっていた藤倉という男も行方をくらましている」

「旦那、もう一度志賀の家に行ってみたらいかがでしょう。ひょっとすると帰って来てるかもしれませんぜ」

伝次郎はそう言った条吉を見た。

「そうだな、もう一度訪ねてみよう。よし、そっちはおれがやる。おまえは仙蔵に会って、手を広げて聞き込みをやってくれ」

「わかりやした」

その場で条吉と別れた伝次郎は、坂田《さかた》橋をわたって森下町に向かった。

小名木川に架かる高《たか》橋をわたったとき、

(こんなことなら舟を使えばよかったか……)

と、内心でつぶやいた。

だが、舟は自宅近くの堀川につないでいる。伝次郎はそのまま歩きつづけた。

その途中、日なたに置かれた床几に座って、仲良く話している男の子と女の子がいた。兄妹のようで、兄のほうが膝をたたいて笑うと、妹は拗《す》ねたように頰をぷっくりふくらませた。それでも心から怒っている顔ではなかった。

伝次郎はやり過ごして歩いたが、ふと吉村屋で殺されたお常の子供を思い出した。仙吉とお滝だ。母親が殺されたと聞き、駆けつけてきたときの悲壮な顔つきは、いまでも伝次郎の脳裏にこびりついている。

そして、仙吉は涙ながらに下手人を捕まえてくれと訴えた。おっかあを殺したように殺してくださいとも言った。

その悲痛な胸のうちは伝次郎の心を打った。何としてでも敵は討ってやりたい。

吉村屋の倅・嘉市も、忙しい葬儀一切が終わったあとで、悲しさが込みあげてきたと言って訴えた。

悪いこともしていなければ、人から恨まれるようなこともしていない人間が、なぜ殺されなければならないのだ。災難とか不幸という一言では片づけられない。

嘉市は、そんなことを言ったあとで、

――もし、目の前にあの二人がいるなら、包丁で突き殺してやりたい。同じような目にあわせて殺したい。悔しくて、悲しくて……。

そう言って肩をふるわせて泣いた。

伝次郎はその気持ちを、じっと受け止めてやることしかできなかった。罪もない愛する人を殺されたその気持ちは、同じ思いをしている伝次郎にも痛いほどわかる。

(きっと、この手で……)

強く自分に言い聞かせて歩いた。

志賀が住んでいた森下町の一軒家に着いたが、やはり人の住んでいる気配はない。近所で聞いても、人の出入りはないという。

(やはり、逃げたのだ)

伝次郎はそう思うしかなかった。

粂吉と落ち合うために伝次郎は引き返したが、帰りは違う道を辿ることにした。鷹のように目を光らせ、通りを歩く侍だけでなく、行商人にも注意をする。鴨井が変装しているかもしれないと考えてのことだ。

町角で立ち話をしている町人もいれば、徒党を組んで歩く勤番侍の姿もあった。しかし、伝次郎は黒い影に尾《つ》けられていることに気づいていなかった。

三

黒い影は鴨井十右衛門である。

伝次郎と粂吉が新両替町の自身番を出たあと、鴨井はずっと尾けていた。気づかれないように十分に距離を取り、周囲にも細心の注意を払っていた。

菅笠を目深に被り、半町《ちょう》（約五五メートル）から一町（約一〇九メートル）ほどの距離を保って伝次郎を尾けつづける。何度か、いまならと思う場所があった。その度に鯉口《こいぐち》を切ったが、横町から人が出てきたり、後ろから駆けてくる者があらわれたりしたので、斬ることはできなかった。

(それにしてもあの町方、なかなかできそうだ)

朝から尾行しつづけている鴨井は、伝次郎の背中を凝視しながらつぶやく。足の運びや体つきを見て、面白い男に会ったと頬に笑みさえ浮かべる。

これまで人を斬ったことは、吉村屋の一件をのぞいて数回あるが、負けたことはない。それに、その相手は威勢だけよくて、いざとなるとからきし度胸のない者ばかりだった。

だが、沢村伝次郎という町方は、そんな男たちとは違う。それを伝次郎の醸《かも》し出す雰囲気で感じるのだった。

(あやつなら本望《ほんもう》だ)

と、思いもする。

斬られても、どのみち命永らえる身ではない。命を惜しむことはない。

鴨井は本来の目的も忘れて、そんなことを思った。

伝次郎は深川伊沢町に戻り、それから坂田橋をわたり、黒江町で凡庸ながら油断できない顔をしている小者と落ち合った。

十分な距離を取って見張るように尾ける鴨井には、二人が何をしているのか手に取るようにわかった。

自分とおかよを捜しているのだ――。

ならばなおのこと、沢村伝次郎を生かしておくわけにはいかない。

しかし、小者と落ち合って再び行動を共にしはじめた伝次郎を狙う機会は、ついに来なかった。

気がついたときには日が暮れはじめ、伝次郎と小者は斜陽が長く尾を引く頃、新両替町の自身番に戻った。

再び表に姿をあらわしたときには、すでに日が暮れ、東の空に細い月が浮かび上がっていた。伝次郎と小者は自身番の前で右と左に別れた。

その日一日、辛抱強く尾行をしていた鴨井は、やっとそのときが来たかと、臍下《せいか》に力を入れ、菅笠の陰にある目をらんらんと光らせた。

自身番を出た伝次郎は、京橋川の右河岸を辿り、白魚《しらうお》橋、弾正《だんじょう》橋とわたって八丁堀に入った。町奉行所同心なのだから、その地に組屋敷があるのは当然である。

鴨井は伝次郎が自宅屋敷に着く前に片をつけようと考えていた。しかし、宵闇《よいやみ》が濃くなったというのに、まだ人の通りは途絶えていない。

伝次郎との距離を詰めようとすると、間の悪いことに人があらわれるのだ。鴨井は舌打ちをして、伝次郎との距離を取るしかない。

しかし、伝次郎は自宅があるはずの組屋敷を避けるように、町屋を右へ左へと曲がった。

(もしや、いい情婦《いろ》でもいるのか……)

鴨井はいらぬ穿鑿《せんさく》をしながら尾けつづける。そして、伝次郎は八丁堀を素通りし、亀島橋をわたって霊岸島に向かった。

行った先は亀島橋に近い一軒の家だった。

(どういうことだ)

玄関の戸が閉まったのを見て、鴨井は立ち止まるしかなかった。ついに、伝次郎を斬ることはできなかった。

あきらめきれないが、今度は仲間のことが気になった。まる一日、庄助が用意してくれた家を空けている。おかよも心配しているだろうが、仲間も自分のことを気にしているに違いない。

（帰るか）

決行の日は明日だ。自分を捜しまわっている町方にいつまでも関わっている場合ではない。鴨井はやっと自分を取り戻した。

ところが、伝次郎の入った家を離れようとしたとき、玄関の戸が開いた。

「すぐ戻ってくる」

という声のあとで、

「夕餉《ゆうげ》を調えておきます」

と、女の声が聞こえてきた。

鴨井はとっさにまわりを見て、近くの路地に飛び込んだ。伝次郎が家を出てきたのはすぐだった。


伝次郎が舟を見に行こうと思ったのは、近頃手入れを怠っているからだ。それに舟底にたまっている淦《あか》が気になっていた。

今夜やらずとも、明日の朝あかるくなってからでもよかったのだが、思い立ったらすぐにやらないと気がすまないので、家を出てきたのだった。

猪牙舟に乗り込むと、まず舫い綱の締まりを確認した。舟はつないでいても、水に浮いているから自然に動くので、舫いがゆるむことがある。

しかし、ゆるんではいなかった。舟提灯に灯りを点そうとしたときだった。河岸道に誰かが立った。

伝次郎は河岸道をちらりと見た。菅笠を被った侍だ。伝次郎が舟の上でゴソゴソやっているので不審に思ったのかもしれない。

気にせず舟提灯を引き寄せたとき、岸辺に立つ影が鯉口を切る気配があった。

（ん？）

顔を上げると、男の刀が抜かれた。

伝次郎はとっさに猪牙舟のなかほどに飛ぶように退いた。刀は身につけていない。

「何用だ」

舟底にある棹をつかんで聞いたが、相手は無言のまま岸を移動する。その体に殺気を漂わせている。

「誰だ」

伝次郎が誰何《すいか》したと同時に、相手は宙に躍った。刀を大上段に振り上げ、唐竹《からたけ》割りに振り下ろしてくる。

夜空を背景にして襲いかかってくる黒い影は、羽を広げた鴉《からす》のようだった。伝次郎は棹をつかんだまま、艫《とも》板に移動したが、男が舟に着地したので体が大きく揺れた。

当然、男も不安定な舟に飛び下りたので、体の均衡をなくし、片手で舟縁《ふなべり》をつかんでいた。伝次郎は棹を持ったまま艫板を蹴って河岸道に上がった。

男も敏捷《びんしょう》に揺れる舟を蹴って岸に上がった。身の軽い男だ。

伝次郎は棹を槍のようにかまえた。相手はただの竹棹と思っているのか、怖れることなく間合いを詰めてくる。

伝次郎はじりじりと下がる。すでに夜の帳《とばり》は下りているし、相手は菅笠を目深に被っているので顔がはっきりしない。

「何故の所業《しょぎょう》」

伝次郎が声を発したと同時に、男は袈裟《けさ》懸《が》けに斬り込んできた。伝次郎は半身をひねりながら、一歩下がると同時に、手にしている棹を振って相手の肩を打ちに行った。

すぱーッ！

棹が斬り飛ばされた。

男は八相《はっそう》にかまえ直して近づいてくる。伝次郎は先を切られた棹を槍のようにしごき、勢いよく横に振った。そのせいで棹は半分になったが、その先端には鈍い光を発する刃がはめ込まれていた。

男の動きが一瞬止まり、

「仕込棹《しこみざお》……」

と、小さな声を漏らした。だが、躊躇《ためら》いもなく突くと見せて、肩口に斬撃を送り込んできた。伝次郎は膝を折って腰を低くするや、仕込棹を斜め上方に振り上げた。

ちーん！

男の刀をすり上げた伝次郎は、素速く仕込棹を引き、即座に突きを見舞った。男は俊敏に下がり、青眼《せいがん》の構えを取る。

間合い二間。短い静寂。

河岸道は闇に覆われている。人気《ひとけ》もない。

男が詰めてくる。伝次郎は受けて立つようにその場を動かない。

さらに男は摺《す》り足を使って詰めてきた。伝次郎が動いたのはその一瞬だった。突きを送り込みながら、右足を大きく踏み込み、男の肩口を狙って仕込棹を振った。男はかわそうとしたが、わずかに間に合わず、仕込棹の切っ先が肩口をこするように斬っていた。

「うッ……」

男は短くうめくと、大きく下がった。肩を斬られているが、浅傷《あさで》だ。

「誰だ。ただの辻斬りではあるまい」

伝次郎は問うたが、相手は無言だ。だが、それ以上仕掛けてくる素振りはなく、そのままゆっくり離れると、くるりと背を向けて駆け去った。

「いったい、なにやつ」

伝次郎は相手が闇に溶け込んで見えなくなるまで、河岸道に立っていた。

四

川北屋の奥の間には、重苦しい沈黙が漂っていた。

津田吉三郎は馬面の黒い顔に焦燥を浮かべたまま、すっかりぬるくなった茶を口に含んだ。

「逃げたのかもしれぬ」

沈黙を破ったのは、志賀喜八郎だった。

津田はその志賀を見て、首を横に振った。

「あやつは逃げるような男ではない。きっと戻ってくる。もし戻らなければ、沢村という町方に斬られたと考えてよいかもしれぬ」

「しかし、鴨井さんはいなかったのでしょう」

藤倉隆之助だった。

「いなかったのではない。見つけられなかっただけだ。だが、十右衛門のことをおれはよくわかっている。あやつとは長い付き合いだ。おれたちを裏切るようなことはせぬ。先走ったことをするのは、あやつの性分《しょうぶん》だ」

そう言いつつも津田は不安になっていた。鴨井は同じ中之島村の生まれだった。藤倉隆之助然り。二人のことはよくわかっている。

志賀のみが新田村の出で、付き合いをはじめたのは、新発田城下にある道場時代からだ。かれこれ十年になるが、志賀は十右衛門のことをよく知らない。だから不安視するのだ。

その志賀がまた口を開いた。

「もはや鴨井さんを頼みとするのは、あきらめたらいかがです」

「この三人でやるというのか……」

津田は志賀の切れ長の目を見つめる。

「無理ではないでしょう。端から死を恐れず斬り込む肚づもり。一人減ったところで変わらぬこと。聞きわけのないやつがいたばかりに、しくじったらいかがされます」

「ふむ」

津田は腕を組んで短く思案した。

「津田さん、いよいよ明日なのです。その大事な日を前に、勝手な動きをする鴨井さんをあてにするのはいかがなものかと思いますが……」

津田は、隆之助を見て、おまえまでそんなことを言うか、という言葉を胸のうちでつぶやき、

「隆之助、もう一度見てこい。何としても今夜のうちに話し合っておかなければな

らぬ。十右衛門がいたなら、連れてくるのだ」

と、指図した。

隆之助はわかったとうなずき、一度志賀を見て腰を上げた。


「なにさ、あんた」

深川熊井町の家に戻るなり、おかよがあきれ顔を向けてきた。

鴨井は何もいわずに居間に上がって腰をおろした。

「みんな心配していたのよ。津田様と藤倉様が何度も来て、まだ戻ってこないのかと言っては……どうしたの」

おかよは鴨井の肩の傷に気づき、膝をすり寄せてきた。

「何でもない。かすり傷だ」

鴨井はそう言って片肌脱ぎになって、左肩の傷を見た。皮膚が切れているぐらいで、大したことはなかった。

「ひょっとして沢村という町方と……」

「仕込棹を持っていやがった」

「仕込棹……」

おかよはきょとんとしながら、傷の手当てをしなければならないと言う。

「放っておけ、こんな傷すぐに治る。そうさ、やつは舟を持っているようだ。それに町方のくせに、八丁堀には住んでおらぬ」

「どういうこと？」

「わからぬ。だが、やつはなまなかな男ではない」

「まさか、顔を見られたのでは？」

「それはない。やつはおれに気づいてはおらぬ。だが、このままでは気がすまぬ」

「何を考えているの？　まさか、また沢村を斬りに行くというんじゃないでしょうね。津田様は、明日が覚悟の日だと言っているのよ」

鴨井はそういうおかよの顔を見た。

「決めたことがある」

「なに？」

「おれは明日斬り死にしても、やり遂げると決めていた。だが、明日は死なぬ。何としてでも生きる」

「わたしは端からそうしてもらいたいと思っていたし、それが願いなんですよ。ほんとに死んではだめですからね」

おかよは安堵の色を顔に浮かべて言う。

「明日、本懐を遂げたあとで、沢村を斬る。おれはそう決めた」

鴨井は壁の一点を凝視した。

「そうしなければ気がすまぬ」

「また、そんなことを……」

おかよは大きなため息をついた。

「どうしてあなたはそうなの。少しは自分の身を大切にしたらどうなのです。命を落としたら、それでおしまいなんですよ」

「おかよ、いまおれが言ったことはかまえて他言ならぬ。津田さんにも志賀さんにも隆之助にも黙っておれ」

そう言ったときだった。戸がたたかれ、隆之助の声が聞こえてきた。

鴨井は片肌脱ぎになっていた着物を調えて、おかよに顎をしゃくった。

おかよが戸を開けると、すぐに隆之助が入ってきた。

「やっとお戻りでしたか。ずいぶん心配していたのです」

隆之助はホッとした顔をしながらも、咎めるような目をしていた。

「すぐ戻ってくるつもりだったのだが、つい寄り道をしてしまってな」

「津田さんも志賀さんもずいぶん心配されておりました。お戻りになってよかったです。とにかく明日のことを話し合わなければなりません。川北屋にいっしょに行ってくれますか」

「詳しいことがわかったのだな」

「そのことは津田さんが話してくれます」

「隆之助さん、わたしも行っていいのね」

おかよだった。

「ついてきてください」

五

鴨井は隆之助のあとにつづいて、川北屋の奥の間に入った。

とたん、津田と志賀の強い視線が突き刺さってくる。その視線を外して、腰をおろすと、

「十右衛門、どこへ行っておった」

と、津田が咎め口調で言った。怒りを抑えているのがわかる。

「申しわけありません。あの家は息苦しいので、ちょっと風にあたろうと思い外出したのですが、これが今生《こんじょう》の別れになるやもしれぬと思うと、つい足が延びまして……」

鴨井は熊井町の家から来るときに考えたことを口にした。

「この大事なときに……」

志賀が吐き捨てるように言ってにらんでくる。

「申しわけありません」

鴨井は頭を下げてあやまるしかない。

「明日がどんな日なのかわかっているはずだ。それに、きさまは町方に手配りされている。人相書も作られているのだ」

「わたしが至りませんでした」

「十右衛門、これから勝手な真似はさせぬ。よいな」

津田に言われた鴨井は殊勝《しゅしょう》に頭を下げるのみだ。その様子を短く眺めたあとで、津田は言葉をついだ。

「江戸に来て、早一年になろうか。長いようで短い潜伏であったが、ついに来るべきときが来た。それが明日だ。今日は十右衛門に振りまわされはしたが、新発田藩にとって諸悪の権化《ごんげ》になっている酒井主馬を討つ日が来た。酒井主馬一人なら、討つ機会は何度かあったが、ここまで延ばしたのは、もはやわかっておろうが、直溥様といっしょに誅殺するためだ。気の毒なことではあるが、直溥様は酒井主馬にすっかり感化され、また酒井主馬を妄信されているからには放ってはおけぬ。そのことは何度も申しているので、いまさらではあるが、二人を同時に討つ」

「それが藩のためであり、苦しめられている民百姓たちのためであるなら、致し方ないこと。それがしには何の躊躇《ためら》いもない」

志賀がもっともらしい顔で言う。

「おれたちはおのれの命と引き替えに、国のために立ち上がるのみ。ここでもう一度、おぬしらと思いを一つにしたい」

津田はそう言って、順繰りにみんなの顔を眺めた。

「何か存念あるなら遠慮なく申せ。これが最後だ」

誰も何も言わなかった。

「ならば、もう一度心を一つにする」

津田はそう言って、膝をすって前に出た。志賀も前に出る。隆之助も鴨井も膝を進めた。

四人の体がくっつかんばかりになると、各々は脇差の鯉口を切って金打《きんちょう》した。

カチーンと、四つの鋼《はがね》が音を立てた。

四人は沈黙したまま互いの顔を見合わせ小さくうなずく。そして、静かに元の位置に戻った。

部屋の隅に控えているおかよも、ずっと畏《かしこ》まっていた。

「明日のことを話す」

津田は一拍置いてから言葉をついだ。

「酒井主馬が中屋敷におられる直溥様を訪ねるのは、四つ（午前十時）だ。直溥様の支度が調っておれば、酒井主馬はそのままいっしょに深川の下屋敷に向かう。おそらく駕籠は二つであろう。どっちの駕籠に直溥様が乗られるか、それはわからぬ。下屋敷まではおよそ一里。おれたちはその間に二人を討つ」

「供連れは？」

志賀だった。

「詳しくはわからぬ。だが、直溥様が下屋敷にわたられるのは茶会のためだ。仰々《ぎょうぎょう》しい人数ではなかろう」

「中屋敷からの道筋はわかっているのですね」

「通例ならこれまでと同じ道筋であろう。おそらく変わらぬはずだ」

津田はそう言うと、懐からたたんだ紙を取り出して、膝前に広げた。みんな、身を乗り出して、それを見る。簡略な地図だった。

「中屋敷を出た一行は、木挽町から南八丁堀の河岸道を辿り、中ノ橋をわたって八丁堀に入る。高橋をわたって霊岸島に入ると町屋を抜け、新川《しんかわ》を越えて永代橋へ進む。その後は大川沿いの道を進み、小名木川に架かる万年《まんねん》橋をわたり、さらに川沿いの道を辿り、御籾蔵《おもみぐら》の先にある旗本屋敷の角を右に折れて六間堀を越え、そのまま下屋敷に向かう。おれたちが狙うのは、ここだ」

津田は御籾蔵の西側、新大橋《しんおおはし》の東詰のあたりを指さした。

「もし、ここで討ち損じたとしても、この先の道で必ずや討ち果たす」

そこは御籾蔵の北だった。東側は旗本屋敷で、西側は幕府の産物会所と植溜《うえだめ》なので、人目は少ないし、人通りも多くない。

「身共《みども》らはどこに控えるのです」

こわばった顔で聞くのは隆之助だった。

「御籾蔵の南に茶屋がある。そこで二人。そして、新大橋の東袂に町河岸がある。そこに二人。茶屋にはおれと十右衛門、河岸には志賀と隆之助でよいだろう」

「あの、わたしは何をすればよいのですか」

おかよだった。全員、おかよを見る。

「一行が御籾蔵に差しかかったときが、おかよの出番だ」

津田は顔を緊張させているおかよを見てつづける。

「そなたは新大橋から御籾蔵の火除《ひよ》け地に出る。ちょうど一行の先鋒《せんぽう》を務める供侍《ともざむらい》の前で、転ぶ芝居を打ってもらう。そのために、一行の足が止まる。おれたちの出番はそのときだ」

「芝居とは……」

おかよは目を見開いて津田を見る。

「考えてくれぬか。だが、草履の鼻緒《はなお》を切るぐらいでは芝居が足りぬだろう。転んでそのまま倒れてもらおうか。倒れたら苦しんでうずくまってもらう。それがよかろう。できるか」

「やらなければなりません。やってみせますとも」

おかよは毅然《きぜん》とした顔で言い切った。

津田はそのおかよから、他の三人を見た。

「何か聞くことはないか？」

それまで黙っていた鴨井は顔を上げて、津田を見た。

「この店の主・庄助は、明日のことを……」

「何も知らぬ。教えれば、庄助に迷惑をかけることになる」

津田は遮って答えた。

「他には？」

「ありません」

「では明日の朝、水盃《みずさかずき》を交わし、今生の別れをする。十右衛門、おかよ、帰ってよいが、明日は五つまでにここに来てくれ。そのとき、もう一度話をする」

六

あてがわれた熊井町の家に戻った鴨井とおかよは、しばらく何も話さず、向かいあって座っていた。

「どうした」

沈黙に耐えられずに口を開いたのは、鴨井だった。

「あなたは明日は死ねないと言いましたね」

「うむ」

「でも、万が一ということもあります」

その言葉を聞いた鴨井は、口の端をかすかにゆるめた。

「おれはしくじりはせぬ。供の侍らは刃向かってくるだろうが、やられぬさ。明日は生きる。生きのびる」

「そして、沢村という町方を狙うの？」

「決着をつける。今日そう決めたのだ。だからといって仲間を裏切るのではない。明日は津田さんらと共に本懐を遂げる。それが目的なのだ」

「逃げる気はないの？」

おかよは真剣な目を向けてくる。

「さあ、どうなるかな……」

鴨井はおかよの視線を外して、煙草盆を引き寄せた。じつは江戸に来て以来、迷いはあった。本懐を遂げたあとは腹を切るつもりだった。他の仲間はそのことを覚悟している。

しかし、鴨井には生への執着があった。まわりの雰囲気や、津田の意気込みに負けて、肚をくくって切腹を覚悟したのはたしかだ。

だが、ときどき生きつづけるのは罪悪だろうかと考えた。生きていても損はないはずだと。それが恥ずべきことなのかと考えもした。

しかし、誰に恥じるのだろうかという思いに至ったとき、仲間に対してだけなのではないかと気づいた。むろん生きのびることを、おのれに恥じる気持ちもある。

鴨井はそんな優柔不断な自分をいやになりもしたが、おのれの気持ちに正直になるのも大切なのではないかと思ってもいる。

「明日うまくいったら逃げましょう」

鴨井の思考をおかよの声が中断させた。

「お金があるのよ」

おかよは鴨井の片膝に手を置き、じっと見つめてくる。

「あの金か……。津田さんにわたしたのではないのか」

おかよは首を横に振った。

「汚れた金などいらないと言われたわ。おまえが好きに使えばよいとも……」

「志賀さんも？」

「あの人は何も言わなかった。だからお金はあるのです。不自由しないお金ですよ。国に帰ることはできなくても、他国《よそ》で暮らしていくことはできます」

「おまえという女は……」

「なんです？」

「いつもおれの心を迷わせ惑わす」

鴨井はつかんだ煙管《キセル》を煙草盆に戻した。

「わたしは自分に正直なだけです」

「おれを追って江戸に来たのもそうなのか」

「そうよ」

答えるなりおかよは、鴨井の胸に飛び込んで、両腕を腰にまわした。

「あなたをずっと慕っているのですから。死なれては困ります」

「津田さんがなぜ、おれに声をかけてきたか、そのことをおまえは知っておるか」

おかよは、鴨井の胸に頬をつけたままかぶりを振った。

「あの人とおれや隆之助は同じ村の生まれで、共に仕官できぬ郷士《ごうし》の出だ。志賀さんも同じ郷士で恵まれぬ家で育った。暇なときは野良に出て百姓を、ときに木刀を持って道場通い。それはそれでよかった。だが、食えぬ。満足な暮らしもできぬ。それなのに、藩は公役《くやく》を押しつけてくる。痩せた田や畑しかないのに、年貢を納めろという」

「よくわかっています」

おかよがつぶやきを漏らした。彼女も半農半士の郷士の娘だった。そして、本間《ほんま》という藩中老《ちゅうろう》の屋敷で武家奉公をしているときに、鴨井と出会った。

鴨井はそのとき、本間に私的に雇われていた家士《かし》だった。若い二人が心を通じ合わせるのに時間はかからなかった。そのことが露見して、中老の屋敷から暇を出された。

以来、二人はつかず離れずの仲を保ち、城下で暮らしていた。だが、おかよはいっとき江戸に出たことがあった。鴨井はおかよが江戸でどんな仕事をして、どんな人間と付き合ったか、詳しくは知らない。

しかし、新発田に戻ってきたときのおかよは変わっていた。その素振りは見せなかったが、鴨井にはわかった。

(こやつ、江戸で悪いことを覚えてきたな)

というのが、再会したときの第一印象だった。だが、おかよの気持ちは、鴨井になびきつづけていた。

藩の改革をしなければならぬという津田に感化され、誰かが立ち上がらなければ、この国は一生変わらないし、領民の暮らしはよくならないと思うようになると、おかよもそれに賛同し、何か自分も役に立ちたいと言うようになった。

鴨井はそんなおかよを突き放して江戸に発《た》ったのだが、何ということか追いかけてきた。あきれ果てたが嬉しくもあった。しかたなく仲間に入れたのは、津田の理解があったからだ。

「藩のため、民百姓のために命を張って立ち上がる義士になるのは立派なことです。でも、死んだらそれまでではありませんか」

おかよの声で、鴨井は現実に立ち返った。

「人の命と引き替えなのだ」

「殺されてもしかたない人に、そこまで義理立てする必要はないでしょう」

「おかよ、おまえは……」

鴨井がおかよを見ると、顔を上げてきた。どちらからともなく、唇を触れあわせた。

そうなると先を急ぐように、二人は互いの着物を剝ぐように脱いだ。

おかよの豊かな白い乳房がこぼれると、鴨井はそれに吸いついた。

「ああ、もうずっとこうしていたい」

おかよが喜悦の声を漏らす。

「明日までの命と思って抱いてください」

鴨井はおかよをやさしく押し倒した。

窓の外に強い風が吹いているらしく、何かが転がる音がした。戸板がカタコトと乾いた音を立ててもいる。

「今生の別れと思って……」

鴨井はゆっくりおかよに被さった。

第六章　木枯らし

一

新発田藩溝口家上屋敷――。

東雲《しののめ》が赤く染まっている。一部の空は濃淡のある紫紺《しこん》色で、その上空は白く輝いていた。

しかし、風が強い。屋敷内にある樹木が大きく揺れ、枯れ葉を舞い散らせていた。

江戸詰の勘定方《かんじょうかた》・秋吉圭一郎は自分の長屋を出て、視線を屋敷内にめぐらせた。

屋敷御殿の甍《いらか》が朝日を照り返してかがやいている。その屋根に枯れ葉が舞い上がり、数葉が急勾配《こうばい》の屋根を戯《たわむ》れるように転がっていた。

秋吉は長屋の奥に目をやった。屋敷塀沿いに長屋はつらなっている。御貸小屋とも呼ばれる住居は、身分によってその広さが違う。秋吉が目を向けているのは、江戸詰の藩重臣、つまり江戸家老や留守居役《るすいやく》の住まう奥の建物だった。

守旧派の首魁・酒井主馬もその長屋に住んでいる。そして、いまだ健在である。藩財政が苦しいというのに、うまい口実を作っては藩費を濫用している。使い道は遊興《ゆうきょう》である。

その詳細を秋吉は把握していた。いずれ国許に届け、酒井主馬を追い落とす証拠となる書類はほぼ揃っている。が、しかし、主馬は陰謀家である。証拠立てをしても、保身のための裏工作をしているかもしれない。それは十分考えられることだった。

——やはり、死んでもらうしかない。

今年、江戸から国に帰る間際に、家老の佐治平兵衛が漏らした言葉だった。痛みを堪《こら》えたような苦しい顔をしていた。

そして、その佐治は刺客を放っている。同じ守旧派の家老らを牛耳《ぎゅうじ》り、諸悪の根源となっている酒井主馬を誅殺するためである。

しかし、その徴候はいっこうにない。主馬は花街《かがい》に繰り出すことが多い。その際に討たれるのではないかと、いつも怖ろしい期待をするのだが、主馬はご機嫌な様子で帰ってくる。

(刺客は、臆したか)

と、思いもする。

ならば、藩費濫用の委細《いさい》を書き上げるしかないか。一段と強い風が吹いてきて、庭に砂埃《すなぼこり》を立て、秋吉の着物の裾がまくれてはためいた。

冷たい風は体温を奪うので、ぶるっと肩を揺すりもした。自分の長屋に戻ると、文机の前に座り、柳行李に目をやった。そのなかに酒井主馬を追い落とす、勘定書が入っている。誰にも知られないようにしまっているのだ。

今日は非番である。勘定書を精査して書き上げようと決めた。その前に茶を飲みたいが、水を汲み忘れていた。

秋吉は再び腰を上げると、水桶を持って外に出た。風がぴゅうぴゅうとうなりを上げて、空をわたっている。鳥たちも風にあおられていた。

井戸端に足を向けたとき、門番が脇門を開けて、訪問者の応対をしていた。

（いったいこんな早くに何用だ）

秋吉はそのまま表門をやり過ごして歩いた。そういえば、今日は直溥様が下屋敷で茶会を催される日だったかと思い出した。その席に出る酒井主馬は、中屋敷に住まう直溥を迎えに行くことになっている。

「秋吉様、秋吉様」

井戸端に近づいたとき、門番が声をかけてきた。

立ち止まると、門番が手に手紙らしきものを持って駆けてくる。

「書状が届きました。秋吉様宛でございます」

秋吉はその手紙を受け取った。差出人を見て、目をみはった。

梅沢辰蔵となっていたからだ。郡方の下役で、佐治平兵衛の腹心だった。差出人は梅沢だが、字は彼のものではない。佐治の字である。

「飛脚は遅れたことを詫びておりました。何でも途中の山越えの折に、雨風に祟《たた》られ、それで遅れたと申しておりました」

「さようか。もうよいぞ」

秋吉は門番を帰すと、水も汲まずにそのまま自分の長屋に戻った。戸に心張り棒をかって、文机の前に座って手紙を開いた。

やはり、佐治平兵衛からのものだった。読みはじめるなり、秋吉は心ノ臓を高鳴らせた。

「まさか……」

驚きに小さな声を漏らしもした。

これは一大事と、壁の一点を凝視する。

刺客は酒井主馬といっしょに、世嗣・直溥の命を狙っているのだと書いてあるのだ。

佐治は直溥が殺されるようなことがあってはならない。何としてでも阻止しろと書いてきている。

だが、一介の勘定方にそんなことができようか。茶会取りやめを言上《ごんじょう》しても、聞いてもらえないのは火を見るよりあきらか。さらに、その理由を訊ねられたときに、なんと申し開きをすればよいのだ。

秋吉は胸を騒がせながら焦った。何とかしなければならない。どうすればよいのだ。何か秘策はないかと考えるが、焦る心がその思考を邪魔する。

警固《けいご》の人手を増やすようにしてもらうか。いやこれもだめだと、かぶりを振る。

秋吉はもう一度手紙に視線を落とした。刺客たちは酒井主馬に感化されている世嗣・直溥の命も奪わなければ、藩政は好転しない、領民と国を救うためには、肉だけでなく骨を断ち切らなければならないと考えている。

(そんな馬鹿な……)

秋吉は奥歯を噛んで心を焦らせるが、これといった考えは出てこない。

「どうすればよいのだ」

立ち上がって、狭い部屋のなかを落ち着きなく歩きまわった。

二

鴨井とおかよが川北屋の奥の間に入ると、すでに津田吉三郎らは膝前に茶碗を置いて待っていた。

「そこへ」

津田にうながされた鴨井は、すでに置かれている湯呑み茶碗の前に座った。隣におかよが座る。

「もはや多くを語らずともよいだろう。今日やることはただ一つである」

津田は声をひそめて仲間の顔を眺めた。志賀喜八郎も藤倉隆之助も、常よりかたい顔をしていた。

「手はずは昨日申したとおりだ。異存はないな」

全員、静かにうなずく。

「首尾よくいったあとは、各々にまかせる。一度、どこか場所を決めて会してもよいと考えていたが、そのときは追われる身になっているので、騒ぎを起こしてまわりに迷惑をかけるのは避けたい。いずれ腹を切って果てる身である。死に場所も人の迷惑にならぬよう考えてもらいたい」

「苦しんでいる多くの者を救うことができると思えば、おのれの命など惜しみはしません」

志賀も声をひそめて言う。

川北屋はすでに店を開けて、商いをはじめている。

五人がいる奥の間は重苦しい空気に包まれているが、表から朗らかな笑い声が聞こえてくる。それに合わせるように風に揺れる戸板が乾いた音を立て、障子の隙間から風が入ってきた。

「おかよ、そなたは女だ。一生に一度の大芝居を打ったら、江戸を離れてくれ。それから、今日のことは決して他言せず、墓場まで持って行ってもらいたい。よいか」

「心得ております」

津田に念押しされたおかよは、殊勝な顔で答えた。

「では、あとは手はずどおりに動く。志賀、十右衛門、隆之助……」

津田は一人一人の顔を見て、水の入った湯呑みを掲げ、

「今生の別れである。世話になった」

と言って、水を飲んだ。

他の者たちもそれに倣《なら》い、つぎつぎと水を飲みほし、膝前に湯呑みを置いた。

「おかよ、一つ相談がある」

おかよは津田を見た。

「そなたは金を持っていたな。あいにくおれは手許不如意《ふにょい》だ。十両ばかりくれない

か。この店に世話になった礼をしたい」

「お安い御用で。十両と言わず二十両でも三十両でもようございます」

「いやいや、十両でも過分だ。それ以上わたせば、庄助が不審がるだろう」

おかよは、わかりましたと言って、背負ってきた風呂敷包みから巾着を取り出し、十両を津田にわたした。

「みなさんにも三途《さんず》の川のわたし賃として、いくらかわたしておきましょうか」

おかよは志賀と隆之助を見て聞いた。

「おれはいらぬ」

志賀が断れば、

「わたしもいりませぬ」

と、隆之助も答えた。

「死して人のためになるなら、武士として生まれてきて本望である。もはや思い残すことは何もない」

津田がゆっくり差料に手をのばしたとき、隆之助ががばりと両手をついた。

「津田さん、志賀さん、そして鴨井さん、いままでありがとうございました」

そういう隆之助は、潤ませた目を赤くしていた。

「みなさまのお仲間に入れていただき、わたしは幸せ者でございました。これでわたしの身内も少しは楽になるやもしれませぬ。親兄弟と言わず、新発田に住む多くの者がよりよい暮らしができるようになるのを願うばかりでございます。ありがとうございました」

すべてを言い終わったとき、隆之助の膝許に大粒の涙がぽたぽたと音を立てて落ちた。

「隆之助、おれもおまえに礼を言う」

返答した志賀の目も赤くなっていた。

鴨井は心にやましさを感じつつも黙ってうなずいた。

「まだ少し早いとは思うが、そろそろまいろうか」

津田が差料を持って立ち上がった。

鴨井はすぐ津田につづこうとしたが、志賀が待ったをかけた。

「一人ずつ間を取って出るのだ。いっしょに出れば目立つ。しばし待て」

鴨井は言われて、そうだったと、上げかけた尻をおろした。

津田が部屋から出て行くと、みんなは無言で自分の出て行く番を待った。

強い風はおさまらないらしく、何かが転がる音が聞こえてくる。戸板や障子もカタコトと音を立てながら揺れつづけていた。

「木枯らしだな」

しばらくして志賀がつぶやいた。

「いま頃、新発田には雪が降っているかもしれませんね」

隆之助が郷里に思いを馳せるような顔をして言う。

「そうだな。十右衛門、そろそろよいだろう。津田さんにつづけ。しくじるな」

志賀に言われた鴨井は、うむと顎を引いて応じた。

三

川口町の家を出た伝次郎は、羽織の前をかき合わせながら新両替町の自身番に向かった。

風がぴゅうぴゅうとうなりながら空をわたっている。迫《せ》り出してきた雲の流れも速く、日はその雲の向こうにあった。

通りを歩く者たちも、風に負けまいと前屈《かが》みになって歩いている。商家の暖簾がめくれ、天水桶《てんすいおけ》に置かれた手桶が道に転がっていた。

伝次郎は歩きながら昨夜の襲撃者のことを考えたが、正体を特定することはできないままだった。しかし、自分を知っている者でなければならない。まさか人違いをされて襲われたとは思えないからだ。

（いったい誰だったのだ）

何度も同じことを自問するが、答えは出てこない。

それより、鴨井とおかよの行方である。いまはそっちのことで頭がいっぱいだった。

吉村屋が襲われて、すでに五日がたっている。これ以上探索に手をこまねいていると、事件解決にならず、「日限《ひぎ》り尋ね」になりかねない。

それは、期限を切って探索を一時中断することであり、いずれは「永尋ね」となる。現代で言う迷宮《おみや》入りだ。

それは外役同心としては恥ずべきことで、あってはならぬことだった。しかし、ときに「永尋ね」になる事件もある。

何しろ事件はつぎからつぎへと起きる。いつまでも一つの事案に関わっていれば、新たな事案を解決することができないからだ。

吟味筋（刑事事件）を専門に担当する同心は、南北町奉行所にそれぞれ二十五人いるかいないかなので、無理からぬことであった。

しかし、伝次郎は奉行自らに声をかけられ、内与力並みの扱いになっている。もちろん、それは間に合わせの役であって、正式なものではない。あくまでも町奉行・筒井和泉守政憲が私的に雇った「隠密」なのである。

それでも初めて担当する事件だから、何としてでも解決しなければならない。そうでなければ、筒井奉行の顔も立たないだろうし、伝次郎の真価も問われる。

新両替町の自身番近くまで来たときだった。一方から足早に近づいてくる男がいた。伝次郎が足を止めると、

「旦那、妙なことがわかりました」

と、荒い息をしながら言う。

深川黒江町の岡っ引き・仙蔵だった。走ってきたらしく額に汗を浮かべ、肩を上

下させていた。

「妙なこと……」

「へえ、あっしが使っている下っ引きの巳之吉が、鴨井とおかよを坂田橋で見たと言いましたね。その二人といっしょにいた商人のことがわかったんです」

「誰だ」

「一色町にある川北屋という瀬戸物屋の庄助という主です。巳之吉の野郎、今朝そのことに気づいたと言って、あっしのとこに来たんです。それでちょいと探りを入れてみますと、川北屋に得体の知れねえ浪人の出入りがあるんです」

伝次郎は眉宇をひそめた。

「そのなかに鴨井とおかよも……」

「へえ、いるようです。それに川北屋の庄助は、越後新発田の出だと言いやす」

「まことか」

「旦那、何かありますぜ」

伝次郎は勢いよく流れる雲を見て、すぐ仙蔵に視線を戻した。

「すぐに戻って川北屋を見張れ。おっつけおれも行くが、何があっても下手に手出しをするな」

「へい、承知」

仙蔵はそのまま駆けるように戻っていった。

伝次郎は粂吉に会ったら、すぐに川北屋に向かおうと決めた。そのまま自身番に入ろうとしたが、今度は別の男に呼び止められた。

振り返ると、溝口家の家臣・秋吉圭一郎が近くにいた。

「これは秋吉殿、いかがされました」

「沢村殿、少し話をさせていただけませぬか。大事なことです」

そういう秋吉の目に緊張感があった。

「もしや、鴨井のことで……」

「それもあります。不躾《ぶしつけ》を承知の上での相談でございまする」

「相談……」

「しばし、付き合ってください」

秋吉はそう言って、すぐそばにある路地口に行って立ち止まった。あたりに人のいないのをたしかめるように眺めてから、伝次郎をまっすぐ見た。

「とんでもないことが起こるやもしれません。しかし、これから話すことは、それがしの独り言で、聞いたことは忘れてもらえませんか。かまえて他言しないと……」

秋吉は真剣な顔で言う。

「鴨井とおかよに関わることですか」

「おそらく関わっていると思われまする」

「心得ました」

伝次郎が応じると、秋吉は顔を通りに向け、声をひそめて話しはじめた。

それは、新発田藩の内情だった。領内の荒廃と藩政の乱れ、また守旧派と改革派の対立によって藩重臣らの統制が取れていないということだった。

「このままでは当家の将来はありません。いいえ、つぶれてしまうかもしれません。何としてでも立て直さなければならないのですが、殿にうまく取り入り、まわりの家老連を意のままに牛耳っている江戸家老の酒井主馬様がいるかぎり、藩政はますます悪くなるばかりです。それがために民百姓の負担は増しています。ただでさえ飢饉に喘いでいるのに、その苦しみから逃れることができません。国は民あってのものです。民の苦しみを少しでもやわらげ、人並みの暮らしを取り戻してやらなければ、国は栄えないはずです。殿もそのことは重々わかっておられるはずなのですが、酒井主馬一党の言葉に翻弄《ほんろう》され、藩政を見誤っておられます」

「お待ちを。溝口家と鴨井とおかよにはどんな関わりがあるのですか」

伝次郎は遮って聞いた。

「それがしは勘定方の下役でご家老らに意見することも、下々のことを言上《ごんじょう》することもできない身の上。しかし、それがしに目をかけてくださる家老がおられます。佐治平兵衛様です」

「鴨井を吉村屋に紹介したご家老ですね」

「さようです。佐治様が、参勤を終えて国許に帰られる折、わたしに託されたことがありました」

それは、一年間の在府が終わり藩主・直諒一行が江戸を離れ、国許に帰る前の晩のことだった。秋吉は佐治平兵衛に呼ばれて、

「殿はわかっていらっしゃるのだが、酒井主馬とそのまわりの者たちに惑わされ、

迷いつづけておられる。何としても目を覚ましていただかなければならぬが、もはやわしの力では及ばぬことがはっきりした。かくなるうえは、かねてより策していたことを進める」

と、深刻な顔で言った。

「かねてより策していたこととは……」

秋吉は緊張の面持ちで佐治を見た。

「刺客を仕立てている」

「刺客……」

秋吉は驚きに目をみはった。佐治は顔色一つ変えずにつづけた。

「そなたの知らぬ者たちだが、わしが国許に帰ったあと、酒井主馬の動きをときどき伝えてもらいたい者がいる。津田吉三郎という城下の道場で師範代を務めていた者だ。当家の悪政に義憤を感じている浪士で、その津田には意気を通じ合わせた者がいる」

「その者たちが酒井様を……」

秋吉は佐治がそんな計画を立てていたことに驚きもし、また怖れもした。佐治は小さくうなずいて言葉をついだ。

「そなたはこれまでどおり、酒井主馬の藩費濫用の仔細を調べてもらいたい。その調べで酒井主馬を追い落とすことができれば、刺客の計画は取りやめる」

「なぜ、さようなことがいまになって……」

伝次郎は、概《おおむ》ね話を聞いたあとで秋吉を見た。深刻なその顔には、何かに追われているような焦りが感じられた。

「ひょっとすると、今日がその日かもしれぬからです」

伝次郎は眉間にしわを彫った。

「刺客たちは酒井主馬を討つのが狙いでした。ところが、世嗣である直溥様もいっしょに討つという策に変えたのです」

「なんですと……」

藩主の世嗣を討てば、溝口家は断絶になる怖れがある。

「殿は来年、隠居をされ直溥様に家督《かとく》をお譲りなるおつもりです。もし、さようなことになれば、酒井様の感化を受けている直溥様は、酒井様の言いなりに藩政を取り仕切られるでしょう。そうなれば溝口家は、ますます悪いほうに転びます。刺客たちはそのために、酒井主馬様と直溥様をいっしょに誅殺しようと企んでいるのです」

「一大事ではございませんか」

伝次郎は他国の大名家のこととはいえ、その重大さを理解した。

「これまでに何度か、刺客たちには酒井様暗殺の機会がありました。しかし、手を出さなかった。それは直溥様といっしょに討とうと決めたからです。どちらか一人を先に討てば、刺客らにつぎの機会はめぐってこないでしょう。よって、刺客らは二人同時に討つしか手はありません」

「すると、今日が……」

伝次郎はまじまじと秋吉を見た。

「本日、下屋敷で茶会が催されます。酒井家老は中屋敷にいらっしゃる直溥様を迎えに行かれ、その足で下屋敷に向かいます」

「では、その行きか帰りに……」

「思い過ごしであればよいのですが、お二人が共に動かれるのは今日です」

つまり刺客たちにとって、またとない好機というわけである。

「秋吉殿、津田吉三郎というのは、兼房町で薪炭屋を営んでいた津田屋の吉三郎のことですね」

「さようです」

「すると、森下町の志賀喜八郎も、また志賀の家にいた藤倉隆之助も、そして鴨井も佐治平兵衛とおっしゃるご家老の仕立てた刺客ということですか」

「そのはずです。わたしは津田吉三郎しか知りませんが……。それは佐治様が、わたしに累《るい》が及ばないように、取りはからわれた思いやりです。そして、佐治様はことが終わったあとで腹を切られるお覚悟……」

秋吉は口をかたく引き結び、痛みを堪えるような悲しい顔をした。

「今日の茶会を取りやめることはできぬのですか」

秋吉は首を横に振った。

「それがしは勘定方の下役、さようなことを言上できる身ではありません。またその由《よし》を問われたとき、答えようがありません。かといって何もしないわけにはまいりません。沢村殿……」

秋吉は伝次郎に正対した。

「無理な相談かもしれませぬが、刺客の襲撃を食い止めていただけませぬか」

伝次郎は悲壮な顔つきで頼み込む秋吉を見つめた。

短い間――。

「刺客は四人のみですか」

「おそらく」

「中屋敷から下屋敷への道筋はどうなっています？」

「これまでと同じであれば……」

秋吉はそういって、茶会に赴《おもむ》く一行の道筋を口にした。伝次郎はその道筋を頭に描きながら聞いたが、土地にあかるいので手に取るように理解した。

「しかし、一つわからぬことがあります。秋吉殿は津田吉三郎と通じているはず。なぜ、直截《ちょくせつ》に説き伏せないのですか」

「夏から津田とは連絡が取れないのです。どこにいるのか、それもわかっておりません」

「で、あれば、津田は今日のことを知らないのではありませんか」

「それはわかりません。それがしの知らない溝口家の者と津田は通じている節があります。暗殺は巧妙でなければならない。それがしはすべてを知っているわけではないのです」

「すると、すべてを知っておられるのは、国許におられる家老の佐治様のみということですか」

「佐治様も刺客が計画を変えたことを、存じていらっしゃらなかったのです。もし、沢村殿が先に津田吉三郎らに会うことができたら、計画を取りやめるよう諭してくださりませぬか。それがしも、これから心あたりのある場所を捜します」

秋吉はお願いしますと頭を下げた。

四

出雲町《いずもちょう》に日高屋《ひだか》という小さな履物屋がある。

その店の主・三兵衛《さんべえ》は越後新発田の出だった。たまたまそのことを知った佐治平兵衛が懇意にし、気脈を通じ合わせた商人である。もちろん三兵衛は佐治平兵衛の密計は知らない。

ただ伝えられたことを、津田吉三郎に知らせていただけである。

その朝、三兵衛は新発田から出された書簡を飛脚から受け取った。書簡は一つだが、そのなかには厳重に封をされた手紙が別に入っていた。

三兵衛はその封をされた手紙を開封できない。ただ、すぐに津田吉三郎にこれを届けてくれと書かれていた。

津田はときどき三兵衛の店を訪ねてきては、預けられている手紙をもらって帰るだけで、たまに短い世間話をする程度だった。それでも三兵衛は、津田が何やら重要な役目を負っているというのは知っていたが、それがどんなことであるかは知らなかった。

また、江戸藩邸からも佐治平兵衛の息のかかった下士がやってきて、津田にこれをわたしてくれと手紙を預けていくことがあった。

三兵衛は佐治平兵衛の恩顧《おんこ》を受けているだけに忠実だった。受け取った手紙をすぐに届けることにした。

津田は二日前に、ふらりと店にあらわれ、何かあったなら深川一色町にある川北屋という瀬戸物屋に知らせてくれと言った。

だから、三兵衛は飛脚から受け取った手紙を持って川北屋を訪ねたのだが、

「もうお出になりまして、お帰りにはなりませんよ」

と、主の庄助に言われた。

「帰られない？　それは困りましたね。津田様宛に国許から手紙が届いているのですよ。何としてでもわたさなければならないのですが……」

三兵衛がどうしたらよいだろう、これは困ったという顔をすると、

「ひょっとすると、またお戻りになるかもしれません。うちで預かっておきましょう。ご心配には及びません。お戻りになったら、ちゃんとわたしますので」

庄助が言うので、三兵衛はそのまま手紙をわたして自分の店に引き返した。

伝次郎は木挽町七丁目の通りにいた。そばには粂吉がついている。

「旦那、どうするんで……」

木枯らしが吹いているので、粂吉は肩をすぼめながら伝次郎を見る。

「考えているんだ」

「行列のあとを追うんですか？　川北屋はどうするんです？　そっちに刺客がいるかもしれないんですぜ」

伝次郎はもちろん、そのことも考えていた。だが、ほんとうに溝口家中屋敷から茶会に行く行列があるかどうか、それをたしかめておきたかった。

だが、中屋敷の表門はしっかり閉められ、門番の姿もない。何人かの出入りがあったが、それは脇の潜り戸を使ってのことだった。

「溝口家の若様が屋敷を出られるのは四つだ。それまでしばらくある。その前に酒井主馬という家老が迎えに来ることになっている」

「その家老が来るのを待つんで……？」

「刺客は家老と若様の命を同時に狙うはずだ。とすれば、この屋敷を出るときにもその機会はある」

「まさか、ここで」

粂吉は広い額にしわを走らせ、目をまるくした。

「しかし、ここでは無理だろう。屋敷表には身を隠す場所がない。門の前は堀だ。身をひそめるなら、この町屋ということになるが……」

伝次郎はそう言ってさっきから警戒の目を配っている通りを見る。

刺客は四人。商家の客になりすますことも、路地に身をひそめることもできるし、通行人を装うこともできる。

だが、伝次郎は自分を刺客に置き換えて考えた。ここで襲撃するのは得策ではない。何より、中屋敷に近すぎる。

騒ぎが起きれば、中屋敷に詰めている勤番侍がすぐに駆けつけてくる。最悪、思いを遂げることもできずに取り押さえられる危険もある。

(ここではないか)

伝次郎は胸のうちで独り言をつぶやいて思いを決めた。

「粂吉、川北屋に行こう」

言うが早いか、伝次郎はもう歩き出していた。粂吉が慌てて追いかけてくる。

それにしても冷たい風の強さは尋常ではない。商家の庇《ひさし》は外れそうになっているし、道のあちこちには飛ばされた桶や紙、そして板切れが散乱している。

通行人は手拭いや羽織の袖で、顔を覆い隠すようにして歩いている。すれ違う武士たちのほとんどが、袴の股立《ももだ》ちを取っていた。

空を舞う鳶も、うなりを上げて吹きわたる風に翻弄されていた。

永代橋をわたるときに見える河口は、白い牙のような波を立てており、大川は陽光を照り返しながら大きくうねっている。当然、川舟の姿はない。

油堀に面する川北屋は、暖簾を下げていた。隣の商家の小僧が、倒れた立て看板を片づけていた。

「旦那」

川北屋の近くまで来たとき、見張りをしていた仙蔵が駆け寄ってきた。

「どうだ？」

「それがあやしい浪人の姿はありません。店は常と変わらないような気がします」

伝次郎は川北屋を見た。戸は閉められている。

「粂吉、仙蔵、おまえたちは裏を固めろ。逃げるようなやつがいれば押さえるんだ。行け」

伝次郎が顎をしゃくると、粂吉と仙蔵が川北屋の裏に駆けていった。

少し間を置いて、伝次郎は川北屋の戸を開けて敷居をまたいだ。帳場に座っていた番頭と、土間にいた奉公人が顔を向けて、「いらっしゃいませ」と声をかけてくる。

「主の庄助を呼んでくれ」

「お侍様は？」

帳場から番頭が不審そうな目で見てくるが、顔はにこやかだ。伝次郎は町奉行所の同心の身なりではない。髷も小銀杏ではない。町方には見えないから番頭は訊ねるのだ。

「おれは沢村という。他ならぬ大事な用がある」

伝次郎のいささか権高なものいいに臆したのか、番頭は腰を上げて奥に消え、すぐに戻ってきた。それから土間の奥から主の庄助が姿を見せた。

腰の低い男で年は五十を過ぎているだろう。髷に地肌がのぞいていた。

「はて、どんなご用でございましょう」

庄助は揉み手をしながら近づいてきた。伝次郎は声をひそめて言った。

「南御番所の者だ。大きな声を立てるな」

釘を刺すと、庄助の顔がこわばった。

帳場にいる番頭も土間にいる奉公人も緊張の面持ちになる。

「おぬし、鴨井十右衛門とおかよという女の面倒を見たな。嘘を言ったらためにならぬ」

「あ、はい」

庄助はあっさり認めた。

「いま、どこにいる?」

「どこに……先ほど出て行かれたばかりです」

伝次郎はくわっと目を見開いた。

「どこへ行った」

「お帰りになったのだと思います」

「他に仲間がいたはずだ。新発田から来た者たちだと思うが……」

「はい、津田様たちもごいっしょですが、何かあるんでございますか」

庄助はやさしそうな目をしばたたく。

(こやつ、何も知らないのだ)

伝次郎は直感した。

「津田吉三郎だな。そして、志賀喜八郎、藤倉隆之助という男がいた」

「さようですが、どうしてそのことを……」

庄助は驚き顔で、声をうわずらせた。

「行き先を知らぬか？」

「それはわかりません。もうこの店には、戻ってこないようなことをおっしゃって出て行かれましたので……」

「鴨井十右衛門とおかよは、京橋の近くにある吉村屋という店で主夫婦と奉公人を殺し、金を盗んで逃げている者だ。これがそうだ」

伝次郎は懐から人相書を取り出して見せた。とたん、庄助は顔をこわばらせ、

「ま、まことに……」

と、伝次郎と人相書に目を往復させた。

「行き先はほんとうにわからぬか」

「はい、それはわかりません。わたしは二、三日奥の間を貸してくれと言われ、同じ新発田の出というよしみで使ってもらっただけです。あ、でも……」

「なんだ」

「あ、はい。ついさっき出雲町の日高屋さんが手紙を、津田様に届けに見えたので

すが、もう津田様は出かけられたあとでした。日高屋さんはお困りの様子なので、また戻って見えるかもしれないといって預かっています」

「見せてくれ」

庄助は少し躊躇ったが、すぐに観念したように帳場に上がり、手文庫の中から一通の書簡を取り出して、伝次郎にわたした。

伝次郎はかまわずにそのまま開いて読んだ。

書かれている内容は、伝次郎が秋吉圭一郎から聞いたこととほぼ同じだった。端的に言うなら、世嗣・直溥を殺してはならぬということである。

差出人は大沢某となっているが、おそらくそれは架空の名義で、内容から察するに家老の佐治平兵衛だろう。

「日高屋はなぜ、この手紙を？」

伝次郎は庄助を見るが、狐につままれたような顔で首をひねるだけだ。おそらく庄助も日高屋も津田らの計画を何も知らされていないのだ。

伝次郎は店の奥に視線を飛ばし、

「津田の仲間は他にいないのだな」

と、言って庄助に顔を戻した。

「誰もいません。あの、手前どもは何も知らないのでございますが、何か悪いことでも……」

庄助はそわそわした様子で、番頭を見たり、伝次郎を見たりした。

「何でもない。このことは忘れてくれ。この店に迷惑をかけるつもりはない」

伝次郎はそう言うなり表に出ると、粂吉と仙蔵をそばに呼びつけた。

「仙蔵、おまえは出雲町にある日高屋に行って、津田吉三郎と店がどんなつながりがあるか調べてこい」

「出雲町の日高屋ですね」

「わかったら新両替町の自身番で待て。さ、行け」

伝次郎の指図を受けた仙蔵は駆け去っていった。

「旦那、あっしは？」

粂吉が顔を向けてくる。

「津田たちの行き先はわからぬ。だが、溝口家の中屋敷から下屋敷に向かう一行を、どこかで狙っているかもしれぬ」

「どうするんで……？」

伝次郎は短く考えて、

「行列を尾《つ》ける。それしかない」

と言うなり、来た道を引き返した。

溝口家の世嗣・直溥と江戸家老の酒井主馬の一行は、すでに木挽町の中屋敷を発っているはずだ。もうそんな時刻である。

伝次郎は急いで歩いた。髷も鬢も木枯らしのせいで乱れていた。

それは永代橋をわたってすぐのことだった。前方から槍持ちの供侍を先頭に歩いてくる行列があった。警固の侍が二つの駕籠のまわりについている。後方には草履取りと挟箱《はさみばこ》持ち、そして数人の奥女中の姿があった。

奥女中を入れて、総勢二十数名だ。

伝次郎はその一行に目を注ぐと、道を譲るように橋の袂から離れた。

五

御籾蔵の西、新大橋の東詰は、ちょっとした火除け地になっている。普段この時刻ならもっと人通りがあるのだが、今日は木枯らしが吹いているせいか、人の姿はまばらだ。

茶屋も葦簀《よしず》をたたみ、床几も店のなかに引っ込めていた。その店のなかも、津田吉三郎と鴨井十右衛門だけで、他に客はいなかった。

店の者たちは板場のそばに座って世間話に興じ、ときどき笑いあっていた。

しかし、津田と鴨井は深刻そうな顔で表に注意の目を向けていた。

「終わったらどこへ行かれるのですか」

しばらく沈黙を保っていたが、鴨井が聞いた。

津田は新大橋をわたる行商人の姿を追いながら、

「それはわからぬ。終わってから考えることだ」

と答えた。

実際、襲撃後のことはぼんやりとしか考えていなかった。

「ここで果てるおつもりで……」

「それもわからぬ。そうなるかもしれぬが、たとえそうなったとしても、思いは果たす」

そう答えた津田は鴨井を見た。

「おぬし、まさか逃げるつもりではなかろうな……」

「そんなつもりなどありません」

鴨井はそう答えはしたが、すぐに視線を外した。

この男にはおかよがいる。もしや、おかよと逃げる算段をつけているかもしれない。それならそれでよいと、津田は考えていた。ただ、心配なのは、おかよのしたたかさである。あれは男を翻弄する女だ。津田はおかよの本性を見抜いていた。

おかよを御《ぎょ》すには、男としての器量がなければならない。それも身分や家柄ではなく、金と力だ。鴨井には金がない。おそらくこの先、生き長らえたとしても、裕福な暮らしはできない男だ。

もっとも、力はある。鴨井の剣の腕は、津田がよく知っている。新発田城下にあって、鴨井の右に出る者は数えるほどだ。しかも、木剣や竹刀でなく、本身《ほんみ》を使わせたら鴨井にかなう者はいないだろう。

しかし、鴨井はおのれの剣の腕に慢心している。さらに、より強い者を求める性分だ。それが災いとならなければよいがと、津田は以前から危惧《きぐ》していた。

それでも鴨井を仲間に引き入れたのは、剣の腕とともに純粋な精神を持ちあわせているからだった。さらに、鴨井も他の仲間同様に恵まれた家に生まれていない。常に厳しい暮らしを強いる藩に義憤を感じている。

国を変えるのは、藩主でなければならないが、その責任の多くは藩政を補佐する重臣らにある。

――この国をよくするために立ち上がる気はないか。

初めて胸襟《きょうきん》を開いて話したとき、鴨井は目をきらきらと輝かせ、どういうことだと問うた。津田は答えた。

――民百姓の暮らしを変えるのは、藩主でもその家来でもない。その国に住んでいる者が、命を張って立ち上がり、藩主と藩重臣の目を覚まさせることだ。誰かがその役目を果たさなければ、この国は一生変わらぬ。おれといっしょにひとはたらきする気はないか。
鴨井は目を光らせて考えた。そして、即座に返答した。
――死んでこの身に花が咲くなら、やってみとうございます。
――命を惜しまぬ、その覚悟はあるか。
――武士たる者、命を惜しんでは何事もなすことなどできぬのではありませぬか。
――父御の教えか……。
鴨井は暗にうなずき、言葉を足した。
――命をなげうって国を変えることができれば本望です。
その言葉を受けた津田は、
――武士に二言はないぞ。その気持ちが変わらなければ、手を組もう。
と、返答した。
そして、鴨井は津田の考えに呼応し、行動を共にしてきた。
「おまえには、おかよがいる」
津田はずいぶんたってからそう言った。

鴨井は湯呑みを持とうとした手を止めて、津田を見た。

「命を落とさなかったなら、おかよと逃げてもよい。おれは何も言わぬ。それはおぬしが決めることだ」

鴨井はうつむいて黙り込んだ。

「だが、何があろうと、何が起ころうと、口が裂けてもご家老の名を口にしてはならぬ。生きるなら、遠い国に逃げろ。越後でも江戸でもない、遠い国に。おれは黄泉《よみ》の国から見守ってやる」

津田はそう言って閑散としている火除け地に目をやった。二人の行商人が大きな風呂敷を担いで、新大橋をわたってきたところだった。

「津田さん……」

鴨井が涙ぐんだ声を漏らした。

津田は新大橋の上を吹き流れる雲を眺めていた。

「拙者は必ずやあとを追います」

その言葉を聞いた津田は、やはりこの男はここで死ぬ気ではないのだと知った。

だが、それについて、もはやとやかく言うつもりはなかった。代わりに、何かいまのうちに聞いておくことはないかと問うた。

「一つだけ教えてください」

「何だ」

津田は静かに鴨井を見た。

板場の近くにいる小女が楽しそうな笑い声を上げた。

「若様のお命を頂戴すれば、溝口家はつぶれてしまうのではありませぬか」

「つぶれはせぬ。殿にはまだお子がある。きっと、六男の虎吉《とらよし》様が跡を継がれることになるだろう。虎吉様はまだご幼少だ。悪政を敷く酒井主馬の感化は受けておられぬ」

「さようでしたか。それが気がかりだったのです」

鴨井はそう言うと、ほっと安堵の表情をした。

津田はなぜかそのことに微笑ましさを感じ、口の端に笑みを浮かべた。

「国がつぶれたら、貧困に喘いでいる者たちが困るであろう」

「はい」

鴨井がそう答えたとき、火除け地を横切ろうとしていた数人の男女が足を止め、一方を見やった。

津田はひくっとこめかみを動かして、床几から立ち上がると表に出た。万年橋のほうを見ると、二人の槍持ちを先頭にした行列がやってくるところだった。

津田は表情をかため、新大橋東詰の河岸を見た。そこには志賀喜八郎と藤倉隆之助が身をひそめていた。

志賀らしき男の影がちらりと見えると、津田は茶屋に戻った。

「鴨井、来たぞ」

第七章　襲撃

一

溝口家十代目の世嗣・直溥と、江戸家老・酒井主馬を乗せた駕籠《かご》のまわりには、警固の侍が十人、槍持ち二人、挟箱《はさみばこ》持ち二人、草履取り二人、道具持ち二人、そして奥女中四人が付き従っていた。よって、供連れの総勢は二十二人。馬はなしである。

前方の駕籠に直溥、後方が酒井主馬だった。

冬の到来を告げる木枯らしは、朝からやむことを知らず吹きつづけている。中屋敷を出た一行は、慣例どおりの道筋を辿っていた。

その朝、直溥は天候を気にして、今日の茶会中止を口にしたが、下屋敷には茶人をはじめとした文人墨客《ぶんじんぼっかく》、琴や笛、三味線などの囃子方《はやしかた》が集められているので、いまさら取りやめることはできないという酒井主馬の説得に応じ、予定どおり茶会は行われることになった。

一行は風吹きすさぶ永代橋をわたり、大川沿いの道を辿り、ついいましがた小名木川の河口に架かる万年橋をわたり終え、そのまま歩を進めていた。

右は尼崎《あまがさき》藩松平《まつだいら》家下屋敷の塀、左は大川である。川岸に繁茂するすすきが、風になびきながら日の光を受け銀色に光っている。

一行が新大橋東詰の火除け地に達したときだった。御高祖《おこそ》頭巾を被り、手に風呂敷包みを持った女が橋をわたってきたところでよろめいて、そのまま一行の前に倒れた。

先導する二人の槍持ちは、足を止め、

「これ女、どかぬか」

と、忠告したが、女は苦しそうにうめいて起きようとしない。

「これ女、いかがした」

槍持ちは背後の行列を一度振り返って、女に近づいた。

「く、苦しい……」

女は腹を押さえて、うずくまったままである。

槍持ちの後ろから供侍が走り出て、具合が悪いのなら手を貸すから、道の端によけろと女の肩に手をかけた。その小さな出来事のせいで、一行は立ち往生している。

火除け地には砂塵《さじん》が舞い上がり、槍持ちも供侍も顔をそむけることしばしばである。

「これ、何をいたしておる！」

後方の駕籠から酒井主馬が顔を出して声を張った。状況を知らせるために、一人の供侍がその駕籠に駆けて行った。


伝次郎と粂吉は、行列から少し離れた後方で立ち止まっていた。

「何事だ」

伝次郎が前方に目を凝《こ》らしたとき、火除け地のあたりで砂埃が盛大に巻き上げられた。

「旦那、おかしいですぜ」

粂吉が緊迫した顔を向けてくる。

伝次郎もいやな胸騒ぎを覚えながら、前方に目を凝らした。そのとき、怒声とも悲鳴ともつかぬ声が聞こえ、行列が乱れた。

まっ先に飛び出したのは、新大橋東詰の河岸場に待機していた志賀喜八郎と藤倉隆之助だった。二人は脇目もふらずに直溥が乗っている駕籠に向かって疾駆《しっく》した。

右手に持った抜き身の大刀を閃《ひらめ》かせ、危機を察知した槍持ちが身構えたとき、志賀は躊躇《ためら》うことなく一人を斬り捨てた。

斬られた槍持ちがうめいて倒れると、すぐに供侍が立ち塞がり、刃を打ち合わせてきた。

隆之助は駕籠を守っている供侍がかかってきたので、その刀を撥《は》ねあげると同時に脇腹を深く斬った。

そのとき、茶屋にいた津田吉三郎と鴨井十右衛門も、刀を振り上げて行列に突進し、向かってくる供侍を斬り伏せた。しかし、供侍の抵抗は思いの外激しく、なかなか駕籠に近づくことができない。

「なにやつ！」

「無礼者！」

「狼藉だ！」

そんな怒声に、逃げ惑う奥女中たちの悲鳴が混じった。

駕籠を担いでいた陸尺《ろくしゃく》たちも、自分の役目を放り出して四散《しさん》した。

津田は一人を斬り捨てると、目の前に立ちはだかった供侍に突きを送り込み、かわされると、逆袈裟に刀を振り上げた。

「ぎゃあー！」

相手は太股を斬られてのたうちまわった。

だが、すぐに他の者が行く手を阻んで立ち塞がり、さらに斬りかかってくる。駕籠に近づこうとするが、なかなかうまくいかない。

斬りあううちに、津田は相手の返り血を浴びていた。

鴨井は前方の駕籠に接近したが、すぐ隣で隆之助の悲鳴を聞いた。ハッとなってそっちを見ると、隆之助が背後から槍で刺されてくずおれるところだった。

鴨井は鬼の形相《ぎようそう》になると、目の前の供侍が振りかぶってきた刀を擦り上げてかわし、隆之助を刺した槍持ちに突進した。

槍持ちは果敢に突きを繰り出してきたが、鴨井は半身をひねってかわすと、槍の柄をたたき斬り、そのまま相手の胸から顎にかけて斬り上げ、さらに後ろ首に一撃を見舞った。

絶叫と共に血飛沫《ちしぶき》が迸《ほとばし》り、槍持ちはどさりと大地に倒れ伏し、地面に大量の血を流した。

鴨井はそんなことにはかまわずに、倒れている隆之助のそばに跪《ひざまず》いて、

「おい、大丈夫か」

と、肩に手をかけたが、隆之助のうつろな目は、勢いよく雲の流れる空を映しているだけだった。

思いを果たせなかったのは隆之助だけではなかった。志賀喜八郎は前方の駕籠に刀を刺し入れようとしたが、それを供侍にたたき落とされ、ついで太股を斬られてよろめいた。

刀を杖にして倒れまいとしたところで、背中に一太刀浴びせられそのまま駕籠の

そばに転がって動かなくなった。

「助太刀いたす！　助太刀いたす！」

そんな声が行列の後方から聞こえてきたとき、津田は後方の駕籠から降りた男を見た。

酒井主馬だった。

津田は目の前の供侍が振りまわしてくる刀を、藪《やぶ》を払うように避けると、そのまま酒井主馬の前に立った。

「お命、頂戴つかまつる！」

津田はさっと右八相に身構え、十分な間合いに接近した。

「な、な、何の由あって、かようなことを！」

酒井主馬の肉づきのよい顔はすでに蒼白になっており、声はふるえていた。腰の脇差に手をやったが、津田の刀がその肩口をざっくり斬っていた。

「うッ、ぐうッ……」

酒井主馬は目を剝き、一歩二歩とよろめいた。

津田は容赦しなかった。背中を見せた酒井主馬の脾《ひ》腹《ばら》に刀を刺し入れ、さらに抉《えぐ》った。

「ぐぐッ……ぐッ……」

酒井主馬はそのまま土埃を立てながら地に伏した。

津田は前方の駕籠近くで戦っている鴨井を見ると、

（あれが、若様の駕籠か……）

悪鬼の形相でその駕籠に近づいていった。息が乱れていた。肩が激しく上下する。顔は返り血で真っ赤に染まっていた。

「助太刀である！　狼藉許すまじ！」

いきなり目の前に立ち塞がった男がいた。予期しない突然の邪魔者である。

二

一散に駆けつけてきた伝次郎は、一人の男の前に立ち塞がった。馬面《うまづら》を返り血で真っ赤に染めているが、大きな目は人の肺腑《はいふ》を抉るように鋭い。

駕籠のそばで、供侍たちが「ご家老、ご家老」と、必死の声を上げている。

目の前の男が斬ったのだ。ご家老と呼ぶからには、酒井主馬であろう。

伝次郎は馬面を凝視しながら間合いを詰めた。周囲にいろんな声があるが、その空間だけは邪魔が入らなかった。

馬面が先に斬りかかってきた。伝次郎はその切っ先を撥ね上げると同時に、袈裟懸けに刀を振った。相手は半身をひねりながらかわすと、すっと腰を落とし、右足を飛ばして胴を抜きにきた。

伝次郎は横に動いてかわした。相手の背中が見えた。即座に一太刀浴びせたが、馬面は俊敏に反転するなり、伝次郎の刀をがっちり受けた。

そのまま伝次郎は押し込んでいったが、鍔迫《つばぜ》りあう恰好になった。

「くくッ……」

馬面は歯を食いしばって押し返してくる。

背は伝次郎のほうが高い。馬面の刀を下へ押し込むように力を入れる。

さっと、力が抜けたのは、馬面が絶妙の間合いで刀を引いて下がったからだ。

間合い一間半になった。強風が遠慮なく両者の体にぶつかって来て、乱れた鬢の毛をふるわせる。

馬面は青眼の構えを取り、怖れずに間合いを詰めてくる。総身《そうみ》に漂う気迫は尋常ではない。命を賭《と》して戦う気構えがあるとわかる。

伝次郎は用心した。命を惜しまぬ相手ほど手強い者はない。刺し違えてでも相手を仕留めるという獣じみた勇猛《ゆうもう》さがあるからだ。

「きさま、津田吉三郎だな……？」

伝次郎は問うた。馬面の眉が、そうだと認めるようにぴくりと動いた。

「やはり、そうか」

伝次郎がつぶやいたとき、足許の土埃が風に吹き上がった。

瞬間、津田が電光石火の突きを送り込んできた。伝次郎は半身をそらすようにしてかわすと、刀を斜め上方に振り上げた。

「うッ……」

津田の右二の腕を斬っていた。小さな血飛沫が散り、津田は半歩だけ左足を引いたが、怯《ひる》まなかった。刀を持つ手を絞るように動かすと、面を狙って突くような斬撃を送り込んできた。

伝次郎は逃げずに、津田の刀を左に打ち払い、即座に右の肩口を斬りつけた。

津田の体が均衡をなくして傾き、片膝をついたが、そのまま伝次郎の攻撃を防ぐために、剣尖《けんせん》を向けてきた。

だが、伝次郎は右にまわり込むように動き、片膝をついている津田の首の付け根に一刀を見舞った。

頸動脈を断ったらしく、太い血の筋が弧《こ》を描きながら宙に迸った。

斬られた津田は、大きな目をこれでもかというぐらいに見開き、唇を小さくふるわせると、そのまま横に倒れた。

伝次郎は即座に前の駕籠に駆けた。そこには一人の刺客がいた。

鴨井十右衛門だ。鴨井は駕籠を固めている五人の供侍に前進を阻まれていた。

「これ以上の狼藉は許さぬッ！」

伝次郎が近づいて声を張ると、鴨井が目だけを動かして見てきた。その目が一瞬驚いたように見開かれた。だが、すぐに、

「とりゃー！」

気合を発して、一人の供侍に斬りかかった。しかし、供侍が臆病に下がったので、刀は刃風をうならせ空《くう》を斬っただけだった。

さっと刀を引いた鴨井はもう一度伝次郎を見た。常軌を逸した禍々《まがまが》しい目である。

だが、多勢に無勢。到底、駕籠には辿り着けないと思ったのか、大きく下がると、くるっと背を向けて一散に駆け出した。

二人の供侍が追いかけたが、鴨井の足は速かった。あっという間に御籾蔵の角を曲がって姿が見えなくなった。

伝次郎も途中まで駆けたが、追いきれないと思い立ち止まり、踵《きびす》を返した。

火除け地には血だらけで倒れている者、うずくまっている者、尻餅をついて立ち上がろうとしている者たちがいた。

「若様、若様」

供侍の呼びかけで、前の駕籠から溝口直溥が姿を見せた。十九歳の若様である。顔面は蒼白で、恐怖に怯えたように唇をふるわせていた。

その場から逃げていた草履取りや女中が駆け寄ってきて、直溥の無事に涙を流した。

「ご家老を、ご家老を」

後ろの駕籠の付近にいた供侍が悲痛な声を発していた。

伝次郎は刀を鞘に納めると、襲撃者たちの死体を検《あらた》めていった。身を証《あか》すものは何も持っていなかった。

「あの女は……」

呆けたような声を漏らしたのは一人の供侍だった。

伝次郎はその供侍を見て、

「女？」

と、聞いた。

「行列の前に倒れた女がいたのです。いつの間にかいなくなっています。怖くなって逃げたのでしょう」

供侍はそう言ったが、伝次郎はおかよだと思った。

「とにかくお屋敷に戻られたほうがよかろう」

伝次郎は誰にともなく言った。

「お手前は？」

声をかけてきた中年の供侍がいた。

「それがしは通りがかりの者。騒ぎを知り駆けつけただけでござる」

伝次郎は町奉行所の息がかりであることを伏せた。とっさの判断だったが、そのほうが無難だと考えたからだ。

「名を教えていただけませぬか？」

「名乗るほどの者ではございません。とにもかくにも怪我をしている方の手当てと、命を落とされた方を放ってはおけないでしょう」

言われた供侍は、いまはそのことが大事だと気づいたようで、仲間に声をかけて始末にかかった。

伝次郎がまわりを見ると、いつしか野次馬が遠巻きに囲んでいた。

「旦那」

粂吉が駆け寄ってきたのは、刺客らの襲撃の場となった火除け地から少し離れたところだった。

「あっしも手を貸せばよかったのでは……」

粂吉が遠慮がちの顔で言う。

「いや、おまえに怪我をされたらかなわぬ。だが、どうにか若様の命だけは助かった」

伝次郎はやっと胸をなで下ろしたが、

「鴨井十右衛門とおかよを逃がしている。あの二人を追う」

と、足を速めて歩いた。

三

「どうするの？」

おかよが聞いてきた。

鴨井はさっきから重苦しい顔で、大横川《おおよこがわ》の水面を眺めていた。そこは、本所菊川《きくかわ》町《ちょう》二丁目にある舟大工小屋の前だった。近くに土手稲荷がある。

「どうするのって聞いているのよ」

おかよが焦《じ》れたように鴨井の袖を引いた。

「津田さんも、志賀さんも、隆之助も死んだ」

「……わかっているわ。でも……」

「何だ」

鴨井はおかよを見た。

「酒井主馬という家老は討ったわ」

おかよが見つめてくる。鴨井はその顔をじっと見つめ返した。それから小さくかぶりを振り、

「おれは生きている。生きていていいのか」

と、自問するようにつぶやいた。

「何を言っているの。生きるのよ。死んだら終わりじゃない」

「そうかな……」

鴨井はまた視線を大横川に戻した。強い風は止んでいた。一艘のひらた舟が、近くにある菊川橋をくぐり抜けて、南に下っていった。

「とにかく考える。その前に、着物を……」

鴨井は立ち上がって、返り血を浴びている自分の着物を見た。血痕は黒いしみになっているので、さほど目立ちはしないが、気持ちのいいものではない。血に染まった顔は、逃げる途中の寺に入り、水屋で洗い落としていた。

「着替えを買ってきてくれ」

「わかりました。それでどこへ行くんですか」

「津田さんがあてがってくれた家がある。あそこならまだ大丈夫だろう」

それは、吉村屋から逃げたあとしばらく身を隠していた深川石島町の家だった。

「わかりました」

「気をつけろ。おれたちの人相書がまわっていることを忘れるな」

おかよは目顔でうなずくと、御高祖頭巾を被り直した。

「買ったらすぐに行きます。でも、あの家でなくても旅籠《はたご》でもいいのでは……」

「だめだ。町方に手配りされているのを忘れるな」

鴨井はきっとした厳しい目になって、おかよの言葉を遮った。

「そうでした。それじゃすぐに」

鴨井は河岸道を北に歩くおかよを見送ってから、反対方向に歩きはじめた。


伝次郎と粂吉は、人づてに聞きながら鴨井とおかよの足取りを追ったが、それらしき男女を見たという者は、深川森下町にある長慶寺《ちょうけいじ》の近くで途切れた。

念のために、以前、志賀喜八郎が借りていた家にも行ったが、昨日も今日も人の出入りがないのがはっきりした。

「どうします?」

粂吉がいささかくたびれた顔を向けてきた。

伝次郎もこれ以上の追跡は無理だと思いはじめていた。

「一度、戻るか。仙蔵の調べも気になる」

「では、新両替町へ……」

「そうだな。だが、もうこんな刻限だ。黒江町に戻っているかもしれぬ」

伝次郎は粂吉に応じてから空を見上げた。木枯らしはいつの間にか止んでいた。そして、日は西に傾きつつある。

「それじゃ黒江町へ」

伝次郎は粂吉に呼応してそのまま深川黒江町に足を運び、仙蔵を捜したが、会うことはできなかった。自身番を訪ねても、

「今日は親分の顔は見ていません」

と、書役が言う。

仙蔵は町の岡っ引きである。それなら、町屋の人間に聞けばわかるかもしれない

と思ったが、やはり仙蔵の居所はわからなかった。女房に小さな煙草屋をやらせているが、その女房も今日は朝から出たきり、まだ帰っていないという。

「ならば、新両替町の番屋に顔を出すように言ってくれぬか」

伝次郎はそう告げて深川をあとにした。もとより、仙蔵には新両替町の自身番で待てと言ってある。

「こういうことなら、先に戻るべきだった」

「そうですね。でも旦那、あの二人はもう遠くに逃げたんじゃ……」

歩きながら条吉が言う。伝次郎はそれを危惧していた。もし、江戸を離れているなら追う手立てがない。

「吉村屋から盗んだ金も持っています。それに、やつらはご家老の命を取っているんです。目的は果たしたと考えていれば……」

「うむ」

「もし、若様の命を狙うとしても、すぐにできることじゃありません。そうではありませんか」

「たしかに」

伝次郎は重苦しい顔で応じる。粂吉の言うとおりなのだ。

津田らは、世嗣・直溥を討つことはできなかったが、当初の目的を果たしている。それに鴨井は仲間をなくしてもいる。これ以上、直溥誅殺に固執するだろうかという疑問がある。

鴨井があくまでも直溥を討とうと考えても、すぐにできることではない。直溥の警固はいままで以上に厳重になるはずだ。

「しかし粂吉。おれたちはあの二人を逃がしてはならんのだ。何より吉村屋で人を殺している。罪もない人を……」

「それはそうですが、追う手掛かりがなけりゃ」

「まだあきらめるのは早い」

伝次郎は自分に言い聞かせるように言って足を速めた。

すでに南八丁堀まで来ていた。日は西の空を紅に染めはじめていた。朝の風が嘘だったように、いまは穏やかな風が吹いている。

「粂吉、津田たちの企みだが、口を滑らせるな」

「わかっております」

「大名家の向後に関わることである。忘れてくれ」

「へえ、しっかり忘れやす」

粂吉はいまは亡き酒井彦九郎が重宝していた小者である。口のかたさは伝次郎もよく知っていた。

新両替町の自身番に戻ると、そこに仙蔵が待っていた。

「旦那、ずいぶん遅かったですね」

上がり框から仙蔵が立ち上がって言った。

「調べはどうなった」

四

「日高屋は津田吉三郎がどんな人間なのか、それはよく知っていません。同じ越後の出だということだけです」

「ただそれだけのことで、津田とつながりがあったというのはおかしいだろう」

伝次郎は上がり框に座って、仙蔵を見る。

「なんでも、溝口家のご家老の口利きがあったからだと言います」

「家老というのは佐治平兵衛という方では」

「さようです。何でも日高屋はそのご家老に贔屓にしてもらっていたそうで、言われたことを聞かないわけにはいかないと、ただそれだけだと言うんです。他には何もないと」

「佐治という家老に恩義があるから、津田の頼みを聞いていただけだと、そういうことか」

「ま、そんなところです」

伝次郎はふむとうなった。何となくしっくりこない。仙蔵はつづける。

「日高屋も同じ越後新発田の出です。そのよしみでしょう。それで、津田とかいう男たちのことはどうなりました？」

「行方知れずだ。もう見つからねえかもしれねえ」

答えたのは粂吉だった。伝次郎はその機転に感心しながら、番人が差し出す茶を受け取った。

「それじゃ、どうするんで……？」

「それが思案のしどころで、頭の痛いところだ」

「仙蔵、ご苦労だった。今日はもういい。また何かあったら助をしてもらう」

伝次郎はそう言って、仙蔵に酒手《さかて》をわたした。

「相すみません。それじゃもう帰っていいんで……」

「かまわぬ」

仙蔵は「親分」と呼ばれる町の岡っ引きらしからぬ体で、ぺこぺこ頭を下げて自身番を出ていった。

「旦那、どうされます？」

仙蔵が出て行ったのを見てから、粂吉が聞いてきた。

「鴨井とおかよを捜す手掛かりを見つけるしかないが、今日のところは引き上げるか」

「旦那がそうおっしゃるんでしたら、あっしはかまいませんが」

「一度頭を冷やして、明日までに何か考えることにする」

「承知しやした」

伝次郎は自身番の表で粂吉と別れ、そのまま自宅屋敷に足を向けたが、やはり心の隅に引っかかっているものがあった。

足を止めたのは八丁堀にわたる弾正橋の手前だった。

(ほんとうに日高屋は何も知らないのか……)

さっきは仙蔵の聞き込みを真《ま》に受けたが、自分で聞いてみたくなった。踵を返したのはすぐだ。


その頃、鴨井とおかよは深川石島町の家にいた。

調度品の少ない殺風景な家だが、枕屏風の裏には一揃いの夜具がそのままになっていた。しばらくは夜露をしのげる場であるが、鴨井は長居をするつもりはなかった。

それに、昼間の興奮がぶり返していた。供侍を斬ったときの生々しい感触もまだ残っていた。

「着物といっしょにお酒も買ってきたのでつけましょう」

おかよは台所に立ち、竈《かまど》に火をくべた。その後ろ姿を、鴨井は黙って見つめた。

どことなくうきうきしているその姿に憎らしさを感じた。

さっきは今日の芝居は自分でもあきれるほど上手だったと言って、楽しそうに笑った。

たしかにうまく行列を止めることはできた。だが、それは人を殺すためだったのである。それなのに、おかよは得意がって笑ったのだ。

思えば吉村屋でもそうだった。主夫婦はおろか奉公人を殺すつもりなどなかった。だが、おかよの一言で心が惑わされた。

――生かしておいたらまずいわ。殺すしかないわ。

寝込んでいない奉公人がいるのを知ったとき、おかよは切迫した顔で急《せ》かした。鴨井も寝ていない奉公人に気づいて、まずいことになったと思った。何より心にやましさを秘めていただけに焦りもし、冷静さを失っていた。

一人を殺すと、その興奮を抑えることができず、つぎつぎと殺めていった。殺さなくてもよかったのだと思ったのは、吉村屋から逃げて人心地ついたときだった。

吉村屋で殺しと盗みをやったことを、津田に強く咎められた。鴨井はそのときの津田の顔をまざまざと思い出し、深いため息をついた。

「いったいどうしたっていうのよ。さっきから思い詰めた顔をして、そりゃあ仲間が殺されたことは辛いでしょうけど、端からああなるかもしれないと、肚を決めていたのではありませんか」

おかよが酒の肴《さかな》にするために買ってきた惣菜を運んで来て言う。

「よくもそんな気楽なことが言えるものだ」

ギラッとした目でにらむと、おかよは表情をかたくした。それからいつものように、ふっと笑みを浮かべた。人を誤魔化す得意の笑みだ。

「すんだことを、くよくよ考えてもしかたないではありませんか」

「なに、くよくよだと。おれがくよくよしているというのか」

鴨井は整った顔に怒りをにじませた。

「だって……」

「だって、何だ。おれはくよくよ考えているのではない。死んだ仲間のこともあるが、これから先のことを考えているのだ。つまらぬことをぬかすと、黙ってはおらぬぞ」

「そんなに怒らないでくださいまし。悪気があって言ったんじゃありませんから。気に障ったのでしたら、このとおり謝ります。申しわけありません」

おかよは殊勝に頭を下げたのだろうが、鴨井には白々しくしか映らなかった。腹の底で得体の知れない怒りがふつふつと滾《たぎ》りはじめていた。

おかよが台所に下がると、津田に言われたことが甦《よみがえ》った。

――命を落とさなかったなら、おかよと逃げてもよい。おれは何も言わぬ。それはおぬしが決めることだ。

津田はそう言ったあとで、おれは黄泉の国から見守ってやると、言葉を足した。

そのやさしい思いやりの言葉を聞いたとき、鴨井は胸をつかれた。

この人を裏切ることはできないと思った。

(そうだ、津田さんだけではない。志賀さんも、隆之助も裏切ることはできない)

鴨井はかっと目をみはり、津田が心を開いて言った言葉を思い出した。

――民百姓の暮らしを変えるのは、藩主でもその家来でもない。その国に住んでいる者が、命を張って立ち上がり……。

(そうなのだ。だからおれは津田さんといっしょに、ひとはたらきしようと決めたのだ。逃げてはだめだ)

鴨井は内心に言い聞かせた。命を惜しまぬ覚悟でやってきたのだと、あらためておのれの取るべき道に目覚めた。

「お酒つけましてよ。機嫌直してくださいまし」

おかよがそばにやってきて、盃を持たせてくれた。

我に返った鴨井は、黙って酌を受けた。

「わたしもいただきます」

「おかよ」

「はい」

「おれは、やはり若様を討つ。そうでなければ、津田さんらを裏切ったことになる。討たなければ、おれはずっとそのことに悩まされ、心に重いものを引きずって生きなければならぬ。それはおれの性分ではない」

「………」

「おれはこのまま逃げようとは思わぬ」

「でも、容易《たやす》いことではありませんよ。仲間もいないのですよ。今日のことがあったから、若様の警固は前にも増して厳しくなるはずです」

「わかっている。だからすぐというわけではない。しばらくほとぼりが冷めるまで待つしかなかろう」

「それがいいです」

おかよは少しほっとした顔になって言葉をついだ。

「明日にでも江戸を離れましょう。だってわたしたちは町方に追われているのですから」

「まったくそのとおり。だから、おれは江戸を離れる前に、その町方と勝負する。沢村伝次郎という町方を斬る」

啞然となったおかよにはかまわず鴨井は酒をあおり、口を手の甲でぬぐいながら、おかよを見た。

（おまえとも今生の別れだ）

五

伝次郎は店仕舞いを終えた出雲町の日高屋で、主の三兵衛と向かい合っていた。

「そのことは仙蔵さんという方によく話したのでございますが、ほんとうに津田様のことはよくわからないのです。なにか津田様が悪いことでもなさったのでしょうか」

三兵衛は禿げ上がった額に汗を浮かべて言う。

「津田が何をしたというのではない。吉村屋を襲った鴨井十右衛門という男が、津田とつながりがあったから聞いているのだ」

津田吉三郎が直溥一行を襲い江戸家老の酒井主馬を誅殺したことは、あくまでも伏せておかなければならない。

「もしや旦那、あたしを疑っていらっしゃるんで……」

三兵衛は嫌気のさした顔で言う。

「疑ってなどおらぬ。おぬしは恩義を感じている佐治平兵衛というご家老に頼まれたから、津田の面倒を見た。そうだな」

「面倒と言うほどのことではありません。頼まれたことを聞いただけでございます」

伝次郎はその言葉に眉宇をひそめた。

「どんなことを頼まれた」

「そう多くはありません。空き店を探す手伝いですとか、住まいを探す手伝いといったことです」

「空き店というのは、兼房町にあった津田屋という薪炭屋のことだな」

「さようです。住まいはこの町の大家に相談して、借りられるようにいたしました」

「津田は出雲町に家を借りていたのか」

初耳だった。

「店をやめられるときに、その長屋も払われましたが……」

「他にも頼まれたことがあったのではないか」

伝次郎は三兵衛のしわ深い顔を凝視する。

「人に貸せる空いている家がないだろうかと言われたことがあります」

「それで……」

「はい、うちの倅夫婦が住んでいた家があるので、使ってもらって結構だと相談に乗ったこともあります。倅は夫婦して上方《かみがた》へ商売に行っておりまして、それで

「……」

「その家はどこだ」

遮って問うた伝次郎は、目を光らせた。

「深川石島町にある小さな一軒家です」

「その家はいまも空き家になっているのだな」

「はい、そのままです」

「その家の詳しい場所を教えてくれ」

気負い込んで言うと、三兵衛は手許に半紙を引き寄せて、筆で簡略な地図を描き、ここだと言った。

伝次郎はここ数年深川で暮らしていたので、もうその家がどこにあるかわかった。

日高屋を出たのはそれからすぐだった。

伝次郎はすっかり夜の帳の下りた道を急いだ。

亀島橋の袂に置いている猪牙舟に乗り込むと、すぐに舫《もやい》をほどき、尻端折りして棹をつかんだ。仕込棹は切断されたので、普通の太い棹竹である。

雪駄を足半に履き替え、舟提灯をつけ、棹で岸を押すと、すっと猪牙舟は滑るように進んだ。気が急いているので、落ち着け落ち着けと、自分に言い聞かせながら、大きく息を吐いて吸う。

月が東の空に昇っている。今日の風で雲が払われ、満天の星である。

日本橋川を突き抜け、そのまま大川の三つ叉に出ると仙台《せんだい》堀に舳先《みよし》を向ける。川は黒くうねりながら流れている。舟提灯がその流れに映り揺れていた。

深川の河岸道にあかりが点々とついている。居酒屋や料理屋の軒《のき》行灯だ。その店の前を黒い影となった人が行き交っているが、数は多くない。

上之橋《かみのはし》をくぐり仙台堀に入ると、流れがゆるくなった。川風は冷たいが、伝次郎はうっすらと汗をかいていた。

ゆっくり舟を操りながら、両側の河岸道に目を向ける。川端に生えているすすきが、月あかりを受けて銀色に光っていた。

鴨井とおかよは行動を共にしているはずだ。昼間の一件のあと、すぐに江戸を発っていれば捕まえることはできないだろうが、鴨井は直溥様を討ち損じている。

仲間三人は殺されたが、その遺恨を晴らすためにも、何としてでも直溥様を狙おうとするなら江戸に留まるはずだ。

もっとも、すぐに動くことはできないだろうから、しばらくは市中で人目を忍んでその時機を待つ肚づもりかもしれない。

伝次郎は舟を進めながら、鴨井とおかよの行動を推量した。

二人は手配されている。おそらく旅籠には泊まらないはずだ。手引きする仲間が他にいなければ、二人は孤立している。いずれ川北屋や日高屋を頼るとしても、それは先のことだろう。

そんなことを勘案すると、石島町の家はあやしい。伝次郎はそこに二人がいるような気がしてならない。

これはもう勘でしかないが、町奉行所時代に培《つちか》われた嗅覚でもあった。

亀久橋《かめひさ》をくぐり抜けると、あたりが暗くなった、町屋が途切れ、木場の材木置き場になるからだ。石島町はその先、大横川に入ったところにある。

しばらく行ったとき、暗い河岸道を歩いてくる人影があった。夜道なのに提灯も持っていない。菅笠を被った侍だった。

伝次郎はその黒い人影に目を注いだ。その視線に気づいたのか、侍が足を止めて見てきた。だが、伝次郎の猪牙はすぐに侍をやり過ごして前に進んだ。

大横川に入って一つ目の橋、大栄橋《だいえい》のそばで猪牙を舫い、提灯を持って河岸道に上がった。川沿いに町屋がつらなっているが、夜商いの店は少ない。

二本目の路地に入り、その先で小さな一軒家を見つけた。日高屋が丁寧に教えてくれた家だ。おそらく間違ってはいない。しかし、その家にあかりはなかった。

戸口に立ち、戸をたたいて、小さな声で呼びかけたが返事はない。伝次郎は周囲に注意の目を向けて、もう一度戸をたたいた。

反応はない。耳を澄まして、屋内に神経を集中したが、何も聞こえない。戸に手をかけると、あっけないほど簡単に開いた。家のなかにあかりはない。

提灯を掲げると、居間にこんもりしたものがある。小袖《こそで》を被った女が寝ているのだ。裾から白い足がのぞき、顔は畳につけられて横を向いていた。

伝次郎は雪駄のまま居間に上がって、はっとなった。死んでいたのだ。提灯でその顔を照らしてよく見た。おかよだ。

肩に手をかけ仰向けにさせると、首に絞められた跡があった。小袖は掛けてあるだけで、おかよはほぼ全裸に近い状態だった。

そばに銚子と二つの盃、そして小皿に載った惣菜。

伝次郎は息を詰めて家のなかを見まわした。部屋はものが少なく殺風景だった。枕屏風の裏に夜具がたたまれていて、そのそばに着物がぞんざいに置かれていた。その着物を仔細に見る。男物だ。そして、乾きはじめた血痕がついていた。

(もしや、さっきの侍……)

伝次郎は河岸道で立ち止まった侍のことを思い出した。

おかよの死体をそのままにして、家を出ると猪牙舟に戻った。そして、舫に手をかけたときだった。ぬっと、闇のなかから黒い人影があらわれた。

伝次郎がさっとそっちを見ると、男が刀に手をかけ鯉口を切った。

六

伝次郎は提灯を掲げた。

「鴨井十右衛門だな」

声をかけたと同時に、鴨井が刀を抜いた。

伝次郎はその場に提灯を置いて、刀に手をやった。

鴨井が風のように斬りかかってきた。伝次郎は擦り上げて、一間ほど飛びしさって青眼に構えた。

「おかよを殺したのはきさまか」

鴨井は答えない。

目深に被った菅笠の陰にある目を光らせ間合いを詰めてくる。

伝次郎はわざと間合いを外す動きをする。心に迷いがあった。

それは、目の前の鴨井を斬るか、生け捕りにするかである。しかし、生け捕るとなると、訊問をし、これまでの企みを世間にさらすことになる。それはすなわち、溝口家の存亡に関わることになる。

鴨井らの企みに、家老の佐治平兵衛が関わっていたことがあきらかになれば、溝口家に波乱が起きるだろう。つまり、藩政改革は頓挫《とんざ》することになる。さらに、公儀がそのことを知れば、藩主の監督責任が問われ、改易《かいえき》を余儀なくされるかもしれない。

そうなると、路頭に迷う藩士が多数出るばかりでなく、領内も混乱するに相違ない。

「きさまはできる」

初めて鴨井が口を開いた。伝次郎を追い込むように間合いを詰めてくる。総身に漂わせている殺気は尋常ではない。

斬る、という意志が伝次郎にのしかかるように伝わってくるのだ。

（斬らなければ、斬られる）

伝次郎は臍下に力を入れて肚をくくった。

ささっと鴨井が間合いを詰めてきた。同時に刀を振り上げ、鋭い斬撃を送り込んでくる。伝次郎は半身をひねりながら、刃風をうならせる鴨井の刀をすり落とし、さらに斬り上げた。

ズバッと音がした。鴨井の被っている菅笠の庇が、真っ二つに割れていた。

鴨井は下がって間合いを取った。邪魔になった菅笠を素早く脱ぐと、伝次郎に向けて投げてきた。伝次郎はそれを避け、前に出る。

鴨井が青眼の構えになって、目を光らせた。端整な顔が月光に浮かんだ。

互いの剣尖が触れあう間合いになった。安易に仕掛けられない状況だ。足許に、伝次郎の置いた提灯のあかりが、あわく広がっていた。

伝次郎はゆっくり左に動いた。鴨井の剣尖がそれに合わせて動く。

数瞬の間――。

夜風が両者の足許を吹き流れていく。

伝次郎は鴨井の目を凝視しながら、柄を持つ手からわずかに力を抜く。息を気取《けど》られぬように吐く。

鴨井の足が地を蹴った。腕が振り上げられ、そのまま勢いよく下ろされてくる。

伝次郎は下がらずに、前に出る。鴨井の裾が風をはらんで捲《まく》れ、小袖の袂が横に広がった。そのとき、刀は伝次郎の眉間《みけん》に達するはずだった。

だが、紙一重のところで飛び込む伝次郎の動きが速かった。二人の体が交叉した瞬間、伝次郎は鴨井の胴を抜いていた。

「うぐッ……」

鴨井は小さなうめきを漏らしたが、すぐに振り返り、攻防一体の青眼の構えに戻っていた。伝次郎もすぐさま振り返って青眼の構えを取っていた。

鴨井の口がゆがんでいる。だが、士気の衰えは感じられない。爪先で地面を嚙むように間合いを詰めてくる。

伝次郎は待った。攻撃を仕掛けられる瞬間を狙って、返し技を使うつもりだ。

鴨井が動いたのはすぐだった。突きを送り込んできたのだ。

キーン！

伝次郎は鴨井の刀を打ち落とすと、返す刀で、逆袈裟に鴨井の胸から顎にかけて斬り上げた。

そのまま残心《ざんしん》を取る。鴨井の体がよろめいた。一歩、二歩と足を進め、伝次郎を見て口辺《こうへん》に不敵な笑みを浮かべた。しかし、その笑みにわずかな満足感が垣間《かいま》見えた。

「おれの、負け、だ」

言葉を句切って言った鴨井は、そのままどさりと大地に倒れた。そのとき、懐からいかにも重そうな巾着がこぼれた。

伝次郎はふっと息を吐くと、大きく肩を動かして息を吸い込み、ゆっくり鴨井のそばにしゃがんだ。すでに息絶えていた。鴨井の懐からこぼれた巾着があったが、懐にはさらに二つの巾着が入っていた。

伝次郎はそのことに驚いた。

(こやつ、こんな重い巾着を持っていながら……)

もし、その巾着がなかったなら、伝次郎は斬られていたかもしれない。そのことに気づいて、ぞっとなった。背中に冷たい水をかけられたような恐怖さえ感じた。

(惜しい男を失ったのかもしれぬ)

伝次郎は内心でつぶやいて、ゆっくり立ち上がった。

それから石島町の自身番に行き、鴨井とおかよのことを詳しく話し、二人の死体を預かってもらった。

「すると、この大金は吉村屋から盗んだもので……」

話を聞いた自身番詰の町役は、驚き顔で伝次郎を見た。

「おそらくそうであろう。今夜はもう遅い。死体は明日の朝にでも、取りはからう」

伝次郎はそう告げると、自身番を出た。

これでよかったのであろうかと、空に浮かぶ月を見て自問した。

(いや、よいのだ、これで)

伝次郎はおのれを納得させて、再び猪牙舟に乗り込み棹を手にした。

七

二日後、伝次郎は吉村屋にはじまった一連の騒動に決着をつけた。

町奉行・筒井和泉守政憲には、溝口家の内紛を包み隠さず話したが、

「それでよかろう。あえて真実を明かせば、ことが大きくなるばかりでなく、そなたが申すように、溝口家も困るであろう。沢村、いまの話、余も忘れることにいたすぞ」

と、理解を示してくれた。

「そう言っていただければ、拙者の心の重みも取れます。ありがとう存じます」

「礼などいらぬいらぬ」

筒井は首を横に振り、伝次郎をにこやかに見て言葉を足した。

「沢村、やはりそなたはただ者ではなかった。いや、天晴《あっぱ》れなはたらきをしてくれた。心より礼を申す」

「いえ、それは……」

伝次郎は畏まって頭を下げた。

南町奉行所を出たのはそれからすぐのことだった。江戸の上には、すっかり冬の空が広がっていた。

「沢村殿」

声をかけられたのは、数寄屋橋御門を出てすぐのことだった。

秋吉圭一郎だった。近づいてきて立ち止まると、そのまま何も言わずに頭を下げた。

「沢村殿、此度の一件、まことに恩に着ます。ありがとうございました」

「拙者は役目を果たしただけです。礼などいりませぬ」

「いいえ、何もかもそれがしの思っているとおりになりました。若様も事なきを得て胸をなで下ろしているところでございます」

「これから先は、それがしのかまうところではござらぬ。あとはお手前の家中のことです」

「いかにも」

「しかし、一つだけわからぬことがあります」

「何でございましょう」

秋吉は怪訝《けげん》そうな顔を向けてきた。

「津田らがあの茶会の日に動いたことです。秋吉殿は教えていないということでしたが、津田らはどうやってあの日のことを……」

「それは、津田に通じていた者がいたからです。あとでわかったことですが、在府中の家中の者でした。それが誰であるか、申すことはできませぬが……」

「なるほど、他にも津田と通じていた者がいたのですな」

秋吉は目顔でそうだといって、顎を引いた。

「それで先日の件は、国許のご家老にも届いているのでしょうか」

「すでに届いているはずです」

「すると、ご家老は……いや、これ以上のことを聞くのはやめます」

「お心配り痛み入ります」

頭を下げる秋吉を短く見つめた伝次郎は、

「では、これにて」

と言って、そのまま歩き出した。

江戸の町は常と変わらず穏やかであった。しかし、その平穏な町の陰で、信じがたい犯罪が起きている。

そのことを胸に、伝次郎はおのれをこれまで以上に律して、はたらかねばならぬのであった。

「旦那、旦那」

粂吉が人波を縫うようにして走り寄ってきた。

「いかがした。また何か面倒事か」

「いえ、そうじゃありません」

粂吉は顔の前で手を振ってつづける。

「吉村屋の若旦那は、自分の出店をたたんで、新両替町の店に戻るそうです」

「さようか」

「それに、あの若旦那はなかなか気《き》っ風《ぷ》のいい男です。旦那が取り戻してくれた金ですが、殺された奉公人たちの香典として、等しく分け与えるそうです。粋な計らいじゃございませんか」

「それは感心なことだ」

「それで、旦那にあらためて礼がしたいと言っておりましたが、これから訪ねてみますか」

「いや、遠慮しておこう。今日は少しゆっくりしたいからな」

「それでいいんで」

「ああ、かまわぬ。では粂吉、またた」

伝次郎が粂吉を置き去りにして歩くと、背中に声がかかった。

「旦那も粋なもんだ」

伝次郎は苦笑しながら、千草の待つ家に足を急がせた。

光文社文庫

文庫書下ろし／長編時代小説

隠《おん》密《みつ》船《せん》頭《どう》

著者　稲《いな》葉《ば》　稔《みのる》

2019年1月20日　初版1刷発行
2021年11月25日　3刷発行

発行者　鈴木広和
印刷　新藤慶昌堂
製本　ナショナル製本

発行所　株式会社　光文社
〒112-8011　東京都文京区音羽1-16-6
電話（03）5395-8149　編集部
8116　書籍販売部
8125　業務部

© Minoru Inaba 2019
落丁本・乱丁本は業務部にご連絡くだされば、お取替えいたします。

ISBN978-4-334-77796-8　Printed in Japan

R ＜日本複製権センター委託出版物＞

本書の無断複写複製（コピー）は著作権法上での例外を除き禁じられています。本書をコピーされる場合は、そのつど事前に、日本複製権センター（☎03-6809-1281、e-mail : jrrc_info@jrrc.or.jp）の許諾を得てください。

組版　萩原印刷

本書の電子化は私的使用に限り、著作権法上認められています。ただし代行業者等の第三者による電子データ化及び電子書籍化は、いかなる場合も認められておりません。

元南町奉行所同心の船頭・沢村伝次郎の鋭剣が煌めく

稲葉稔

「剣客船頭」シリーズ

全作品文庫書下ろし●大好評発売中

江戸の川を渡る風が薫る、情緒溢れる人情譚

(一) 剣客船頭
(二) 天神橋心中
(三) 思《おもい》川《がわ》契《ちぎ》り
(四) 妻《つま》恋《ごい》河《が》岸《し》
(五) 深川思《し》恋《れん》
(六) 洲《す》崎《さき》雪《ゆきの》舞《まい》
(七) 決闘柳橋
(八) 本所騒乱
(九) 紅《くれない》川《がわ》疾走
(十) 浜町堀異変
(十一) 死闘向島
(十二) どんど橋
(十三) みれん堀
(十四) 別れの川
(十五) 橋《はし》場《ば》之《の》渡《わたし》
(十六) 油堀の女
(十七) 涙の万年橋
(十八) 爺《おや》子《こ》河岸
(十九) 永代橋の乱
(二十) 男《お》泣《な》き川

光文社文庫

稲妻のように素早く、剃刀のように鋭い!
神鳴り源蔵の男気に酔う!

小杉健治

人情同心 神鳴り源蔵

文庫書下ろし●長編時代小説

黄金観音
女衒《ぜげん》の闇断《やみだ》ち
朋輩《ほうばい》殺し
世継ぎの謀略
妖刀鬼斬り正宗
雷神の鉄槌《てっつい》
花魁《おいらん》心中
烈火の裁き
暗闇のふたり
同胞《はらから》の契《ちぎ》り

光文社文庫

文庫書下ろし名作時代小説

鳥羽 亮

大人気
作品群

【隠目付江戸秘帳シリーズ】

㈠ あやかし飛燕《ひえん》
㈡ 鬼面《おにつら》斬り
㈢ 幽霊舟
㈣ 姫夜叉
㈤ 兄妹《きょうだい》剣士
㈥ ふたり秘剣

【隠目付江戸日記シリーズ】

甲源一刀流の秘剣が光る!
迫力の剣戟シーンと江戸情緒を満喫

㈠ 死笛《しにぶえ》
㈡ 秘剣 水車《みずぐるま》
㈢ 妖剣《ようけん》 鳥尾《とりのお》
㈣ 鬼剣《きけん》 蜻蜒《やんま》
㈤ 死顔
㈥ 剛剣 馬庭《まにわ》
㈦ 奇剣 柳剛《りゅうごう》
㈧ 幻剣 双猿《ふたざる》
㈨ 斬鬼嗤《わら》う
㈩ 斬奸一閃《ざんかんいっせん》

光文社文庫

剣戟、人情、笑いそして涙……

坂岡 真

超一級時代小説

将軍の毒味役 **鬼役シリーズ**

☆新装版 ★文庫書下ろし

鬼役 壱 ☆
刺客 鬼役 弐 ☆
乱心 鬼役 参
遺恨 鬼役 四
惜別 鬼役 五
間者《かんじゃ》 鬼役 六 ★
成敗 鬼役 七 ★
覚悟 鬼役 八 ★
大義 鬼役 九 ★
血路 鬼役 十 ★
矜持《きょうじ》 鬼役 十一 ★

切腹 鬼役 十二 ★
家督 鬼役 十三 ★
気骨 鬼役 十四 ★
手練《てだれ》 鬼役 十五 ★
一命 鬼役 十六 ★
慟哭《どうこく》 鬼役 十七 ★
跡目 鬼役 十八 ★
予兆 鬼役 十九 ★
運命 鬼役 二十 ★
不忠 鬼役 二十一 ★
宿敵 鬼役 二十二 ★

寵臣《ちょうしん》 鬼役 二十三 ★
白刃《はくじん》 鬼役 二十四 ★
引導 鬼役 二十五 ★
金座 鬼役 二十六 ★
公方《くぼう》 鬼役 二十七 ★
黒幕 鬼役 二十八 ★
大名 鬼役 二十九 ★
暗殺 鬼役 三十 ★
殿中 鬼役 三十一 ★

鬼役外伝 文庫オリジナル

光文社文庫

坂岡 真

［好評既刊］

長編時代小説

ひなげし雨竜剣シリーズ

〝涙の剣客〟朝比奈結之助が最強の無住心剣術で悪行三昧の輩を両断する！

㈠ ひなげし雨竜剣
㈡ 秘剣横雲
㈢ 刺客潮まねき
㈣ 奥義花影

ひなげし雨竜剣外伝

泣く女
ひなた屋おふく

文庫オリジナル／傑作時代小説

光文社文庫

藤原緋沙子

代表作「隅田川御用帳」シリーズ

江戸深川の縁切り寺を哀しき女たちが訪れる——。

第一巻 雁の宿

第二巻 花の闇

第三巻 螢籠

第四巻 宵しぐれ

第五巻 おぼろ舟

第六巻 冬桜

第七巻 春雷

第八巻 夏の霧

第九巻 紅椿

第十巻 風蘭

第十一巻 雪見船

第十二巻 鹿《は》鳴《ぎ》の声

第十三巻 さくら道

第十四巻 日の名残り

第十五巻 鳴き砂

第十六巻 花野

第十七巻 寒梅〈書下ろし〉

第十八巻 秋の蝉〈書下ろし〉

光文社文庫

佐伯泰英の大ベストセラー!

吉原裏同心シリーズ

廓の用心棒・神守幹次郎の秘剣が鞘走る!

(一)流離『逃亡』改題
(二)足《あし》抜《ぬき》
(三)見《けん》番《ばん》
(四)清《すが》搔《がき》
(五)初花
(六)遣《やり》手《て》
(七)枕《まくら》絵《え》
(八)炎上
(九)仮《かり》宅《たく》

(十)沽《こ》券《けん》
(十一)異《い》館《かん》
(十二)再建
(十三)布石
(十四)決着
(十五)愛憎
(十六)仇《あだ》討《うち》
(十七)夜桜
(十八)無宿

(十九)未決
(二十)髪結
(二十一)遺文
(二十二)夢幻
(二十三)狐《きつね》舞《まい》
(二十四)始末
(二十五)流《りゅう》鶯《おう》

佐伯泰英「吉原裏同心」読本
光文社文庫編集部編

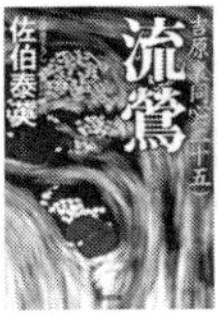

光文社文庫

佐伯泰英の大ベストセラー!

夏目影二郎始末旅シリーズ
堂々完結!

「異端の英雄」が汚れた役人どもを始末する!

決定版

(一) 八州狩り
(二) 代官狩り
(三) 破牢《はろう》狩り
(四) 妖怪狩り
(五) 百鬼狩り
(六) 下忍《げにん》狩り
(七) 五家《ごけ》狩り
(八) 鉄砲狩り

決定版

(九) 奸臣《かんしん》狩り
(十) 役者狩り
(十一) 秋帆《しゅうはん》狩り
(十二) 鵺女《ぬえめ》狩り
(十三) 忠治狩り
(十四) 奨金《しょうきん》狩り
(十五) 神君狩り

夏目影二郎「狩り」読本

光文社文庫